依据国家教育部和中央电视台

联合主办的《开学第一课》活动

·········· "我的梦，中国梦"主题拓展原创版 ··········

一路走一路盛开

中央电视台《开学第一课》编写组 编

时代文艺出版社

图书在版编目（CIP）数据

一路走一路盛开 / 中央电视台《开学第一课》编写组编.—2版.
—长春：时代文艺出版社，2016.1（2023.7重印）
（开学第一课）
ISBN 978-7-5387-4927-4

I. ①一… II. ①中… III. ①中国文学—当代文学—作品综合集 IV. ①I217.1

中国版本图书馆CIP数据核字（2015）第257170号

出　品　人　陈　琛
责任编辑　孟宇婷
装帧设计　孙　利
排版制作　隋淑凤

本书著作权、版式和装帧设计受国际版权公约和中华人民共和国著作权法保护
本书所有文字、图片和示意图等专有使用权为时代文艺出版社所有
未事先获得时代文艺出版社许可，
本书的任何部分不得以图表、电子、影印、缩拍、录音和其他任何手段
进行复制和转载，违者必究。

一路走一路盛开

中央电视台《开学第一课》编写组 编

出版发行 / 时代文艺出版社
地址 / 长春市福祉大路5788号　龙腾国际大厦A座15层　邮编 / 130118
总编办 / 0431-81629751　发行部 / 0431-81629755
官方微博 / weibo.com / tlapress　天猫旗舰店 / sdwycbsgf.tmall.com
印刷 / 北京市一鑫印务有限公司
开本 / 710mm×1000mm　1 / 16　字数 / 120千字　印张 / 12
版次 / 2016年1月第2版　印次 / 2023年7月第3次印刷　定价 / 36.00元

图书如有印装错误　请寄回印厂调换

《开学第一课》编委会

编委会主任：韩　青　许文广

主　编：许文广

副主编：卢小波

编　委：张雪梅　骆幼伟　张　燕　吴继红

　　　　刘翠玲　柏建华　孙硕夫　高　亮

　　　　夏野虹　钟　平　宋怡明　苗　与

　　　　邓淑杰　李天卿　曾艳纯　郜玉乐

　　　　孟　婧

《开学第一课》的价值

有人问我，《开学第一课》的价值体现在什么地方？我认为最重要的就是全社会希望并通过我们传递出来的价值观。多元是时代进步的标志，我们尊重不同的声音和价值理念，但是作为教育部和中央电视台联手举办的一项公益活动，我们要传递的是主流的、与时俱进又符合中华文明传统的价值观。

在2008年，我们通过《开学第一课》传递了抗震精神和奥运精神；2009年正值新中国60周年华诞，我们在象征着民族精神的长城，为孩子们播撒下爱的种子；2010年，我们告诉孩子们，一个拥有梦想的民族，一个不断仰望星空的民族，就是拥有未来的民族，人生的每一个阶段都需要梦想的指引、坚持和探索，而每个人的梦想汇集起来就可能成为国家的梦想、民族的梦想。

举办《开学第一课》三年来，我个人也有一个梦想，我梦想这项目光远大、朝气蓬勃的公益活动能够坚持举办十年，让它给这一代孩子的成长提供正面的、积极向上的力量，这就是《开学第一课》的意义所在。

我希望全社会的力量汇集起来，给孩子们一种价值观的教育，中央电视台愿意承担使命，连同教育部把这项公益活动做好。我们也欢迎全社会各界积极参与、支持，从出版、纸媒、网络、志愿行动、慈善事业等各个方面，加入到这个追逐共同梦想、打造恒久价值的公益活动中来。

由此，我亦十分高兴地看到《开学第一课》系列丛书的出版，我相信时代文艺出版社正是基于我们共同的理想，以出版的力量为孩子们的未来创造了更丰富的阅读食粮，为《开学第一课》的精神理念提供了更多样的传递方式。

中央电视台 许文广

目 录

001

第五部分　想念与爱

第六部分　与你一场南柯梦

第一部分

一路走一路盛开

我承认我们颓废过，一下子从好孩子变成"坏孩子"，谁都没在意过。我也承认我们拧不过现实，都说过"死都不回读"的话，落榜后不照样通通都回来了吗？但我不承认我们放弃过自己，就像墨迹说的"我们跌倒过，但我们正在爬起来"，所以这一点我死都不承认。

现在再去看高考，我已经不再满满地希望自己能赢得多少辉煌，只是尽量走得踏实，我想我的朋友们也是。颓废的日子已经过去了，如今我们选择坚强面对。

——刘慧《一路走一路盛开》

有谁知道巫婆的忧伤

落小单

一

2001年夏天，思涵被送到青木镇的外婆家。她不喜欢和外婆走家串户，一个人在院子里，把洋娃娃当作公主，自己演巫婆，倒也玩得不亦乐乎。

9月，思涵转学到青木小学三年（2）班。她老成地作自我介绍："大家好，我叫赵思涵，思想的思，涵养的涵，请大家多多……""关照"俩字还没吐出来，就看见后排有个男生笑得差点撒手人寰的样子："哈哈！还思想涵养呢！不就是一小巫婆吗？"那是她的邻居——端、木、夕！

对一群刚上三年级的小孩来说，要理解"思想""涵养"是有一定难度系数的，可是"巫婆"的含义却不言而喻。思涵的脸就在哄堂大笑声中变成了猪肝色。天知道她多希望自己真的是个巫婆，那就可以把那个姓端木的臭小子变成癞蛤蟆了。

不巧，全班就端木夕一个人坐单桌，思涵理所当然地成了他的同桌。端木夕笑嘻嘻地向她打招呼："哈啰，巫婆同桌。"她白了他一眼，在课桌上写下："此仇不共戴天。"

为了避免被冷冰冰的思涵冻死，端木夕时不时地拿些玩具、零食来讨好她。你知道的，拿人手软，吃人嘴软。思涵的N个让端木夕出丑的设想就此搁置了。

彼时，总能听到思涵的叫唤："大木头，上学啦。"

彼时，也总能听到端木夕的抱怨："小巫婆你怎么这么慢啊，我妈妈还等我们去吃饭呢！"

彼时，小巫婆和大木头成了彼此的跟屁虫。

妈妈来接思涵那天，端木夕一家去外地探亲了。思涵趁着妈妈和外婆说话的空当跑到学校，在端木夕的课桌上写下："大木头，我会想你的。"后来思涵想起这事儿时，就哑然失笑——那是在暑假啊，开学是要换教室的。

青木镇的人都说，思涵和妈妈到城里过好日子去了。

二

2008年夏天，思涵考进北宸中学。

新老学生会成员的聚会上，思涵作自我介绍："大家好，我叫林思涵，思想的思，涵养的涵……"那个好看的学生会副主席星星似的眼睛，随着她的话忽明忽暗。思涵知道他是端木夕，即使记忆里的男孩已在她没有参与的年华里，长成她所陌生的俊朗少年模样。

思涵想对端木夕说"原来你也在这里"，却听到他礼貌而疏离的声音："欢迎加入我们，林学妹。"那句张爱玲的经典名句终究哽咽在了思涵的喉咙里。不怪他，谁让她已是林思涵了呢？

文艺部部长赵深深很开心地走过来，对思涵说："能加入北宸的学生很不容易呢！恭喜喽，思涵。"思涵一下子板起脸："谢谢，但是我不需要。"字字铿锵，却没有温度。她不是没看到端木夕皱起的眉头，却还是命令自己穿过众人探究的目光，径自离开。大家只看到深深红了的眼眶，却没注意思涵被自己的牙齿咬得失去血色的下嘴唇。

三

流言总是以光速传播。很快，"新生林思涵和文艺部部长赵深深不和"便成了全北宸众所周知的"秘密"。

用"不和"来形容她们的关系并不贴切。因为深深总是极尽所能地对思涵好，思涵却极尽所能地排斥她、刁难她。深深站在思涵旁边，她就一脸嫌恶地挪开；深深和思涵打招呼，她当作没看见；深深给思涵复习资料，她当着她的面扔掉；深深帮犯错的思涵开脱，她尖声大叫"用不着你装好人"；深深做事疏忽了，思涵就一个劲儿地冷嘲热讽。

思涵又一次打翻深深递给她的饭盒的时候，端木夕终于忍不住吼她："林思涵，你闹够了吗？"思涵对上他似乎闪着火苗的眸子，扯起一丝笑："好像还没有。"心里的苦涩却大片大片地荡漾开来——哦，端木，你是在心疼她吗？深深隔在他们中间，急急地对端木夕说："是我不小心，不关她的事。"思涵还是不领情地转身就走。端木夕看着她孤零零的背影，莫名地想到那年夏天独自在小院里和洋娃娃玩耍的女孩——她，应该在一个温馨幸福的家庭里长成了一个甜美可爱的少女吧，至少不会像这个和她同名的女生一样任性无理。

四

校庆。深深想排一场童话剧压轴，演巫婆的人选却一直没着落。有哪个女孩愿意自毁形象演那个邪恶的反派角色呢？

跌破大家眼镜的是，思涵竟然自告奋勇地要演巫婆。

童话剧的情节简单得恶俗：深深演的公主和端木夕演的王子相爱，巫婆思涵负责搅局。几经周折，巫婆惨淡下场，有情人终成眷属。

思涵站在舞台上的时候有点恍惚——她想起在青木镇和那个叫她小巫婆的男孩做伴的时光；她想起《魔卡少女樱》里喜欢小明的梅玲，演《睡美人》中的坏仙女时的强悍样子。

灯光暗下来，只有一束光打在穿着公主裙、款款出场的深深身上，台下尖叫声不断。思涵看着深深，想：就让我借巫婆这个角色，最后一次欺负你吧。

思涵的戏份结束，回到后台，很多人夸她演得好。她笑着接受："我本来就不是什么好人，这算是本色演出了。"

思涵没等到童话剧演到尾声——王子单膝跪地向公主求婚，就提前离开了。她在夜风里睁大眼睛，生怕一眨眼就有大滴的眼泪滚落下来。似乎，从她进北宸开始，就在反复践行着《珊瑚海》中的歌词："转身离开，有话说不出来。"

五

深深收到一条很短的短信："姐，对不起，谢谢你。"
端木夕收到的是一封信——

端木：

这似乎是我第一次这么叫你。小时候我叫你木头，这一刻以前，我叫你学长。现在你该知道了，我是小巫婆赵思涵。

我曾经告诉你，我会去青木镇，是因为我爸爸妈妈工作忙，没时间照顾我，那是骗你的。真正的原因是，我爸爸不喜欢我。因为他和妈妈的矛盾愈演愈烈，妈妈怕我受到不好的影响，才把我送去外婆家。他们的婚姻走到尽头那天，妈妈带我离开了青木镇。

我骄傲的妈妈拒绝了爸爸给的一切，包括我的姓。从此，我跟她姓林。她怕我跟不上城里学校的进度，又让我留了一级，于是我变成了你的林学妹，然后你就不认得我了。又或许，是你不想认？久别重逢，我已成了你眼里的坏女孩了，是吗？深深对我很好，但我总是无理取闹。可是你知道吗？她叫赵深深啊！我爸爸是她的继父，他把她当宝贝似的疼着。她的确很无辜，但我就是忍不住讨厌她。可我最讨厌的是我自己，我妈妈更无辜啊，她却要为了我，撑起一个家的重担。

不过我们苦尽甘来了，我妈妈被公司派去外地公司当主管，我也要转学了。北宸这个死气沉沉的学校就留给你们慢慢承受煎熬吧。

深深说，她妈妈希望有人深深地爱着她，所以给她取名深深。

那个美好的女孩子是值得大家深深喜爱的。比如，她妈妈，我爸爸，还有你。

别急着否认，我知道你喜欢她的，有什么能逃过小巫婆的法眼呢？

要记得，你们是被我施了魔咒的，只能幸福快乐，没有难过的余地哦。

小巫婆亲笔

2009年5月9日

端木夕看着信，终于把那年得知思涵离开青木镇的消息后没流下的眼泪，流了下来。

六

多年以前——

小端木："你为什么会喜欢巫婆啊？"

小思涵："大家都喜欢公主，没人喜欢巫婆，她会难过的。"

我的"快乐男声"之旅

幽篁弹筝

一天下课去往食堂，忽然发现墙壁上的广告栏贴了一张醒目的海报。因为好奇，所以凑上前去，原来是新一届的"快乐男声"沈阳赛区要开赛了。当时也没有在意，转身即过。但是心中也悄然有了一丝小波澜。以后每次去食堂都会经过这张海报，心中忽然有种跃跃欲试的感觉。我从小就喜欢唱唱跳跳，而且以前也跟家里人开玩笑说要参加"快乐男声"，但当时的确只是一种玩笑，根本没有想到如今这个机会真的就在眼前。我又留意了一下那张海报，趁着没人经过的时候用手机拍下，然后仿佛做了坏事似的回头看看有没有人注意，发现无人心中便有种窃喜，愉快地回到寝室仔细研究。

报名并不烦琐，而且因为是正规比赛，不需要交任何报名费，只需要身份证复印件和一张一寸照片即可。又看了一下地点，在太原街的万达广场，离我们学校也不远，坐车非常方便。

4月24号，报名的日子就在下一天。上午上完课碰到一位平时最好的同学，聊了几句话，突然就鼓起勇气跟他说了这件事。他听后也很赞成，说愿意陪我一同去，还开玩笑说，这样你以后出名了我就给你当助理！于是马上开始准备，去复印了身份证，又照了一寸照片。至于歌，我想起前几日上英语课，老师让我唱歌时，我唱的一首英文歌《Blowing in the Wind》——《阿甘正传》里的一个插曲，歌已经非常熟悉了。一切就算是匆匆地准备好了，然后开始紧张地期待明天的到来。

因为海报上写的是上午9点开始，于是我和同学就坐8点的公交出发。来到万达广场，看到有一处地方站满了男生，我想这应该就是报名的地点，向前看去，果然透过紧锁的玻璃门看到宽敞明亮的大厅里挂着整个墙面的巨幅海报，上面写着"'快乐男声'沈阳赛区"，喜出望外，于是和同学在门外耐心地等待。

我环顾四周，发现身边的男生都是精心打扮的，有用发胶做出各种奇特发型的，染发的更不在少数，黄黄红红，眼花缭乱。一个男生竟然涂上黑色眼影，又细细挑起根根睫毛，俨然遗世独立的"佳人"一般。大家的着装也很独特，都想要与众不同，甚至看到一位男生穿着红军的衣服，手里拿着一面旗帜，写着"毛主席万岁"几个大红字，很是显眼。有不少人还带着乐器，有的背上一把吉他，有的拿着小号或是萨克斯。大部分是年轻人，也有少数中年人，这也体现出一种公平，只要你想唱歌，都有展示自己的机会，对年龄并没有限制。来的人应该有相当一部分是沈阳音乐学院的，看得出他们从造型到举止都很专业。

大约9点半门开入场，一时间本还在四周的人们突然一拥而上往门内挤，虽然鲁莽，但也可以体会到当时大家的心情。我运气好，看到快开门就走到前面，因此排队时也在最前面几位，然而接下来仍旧是漫长的等待。在这期间大家偶尔谈话，得知这些参赛选手有的来自黑龙江，有的来自内蒙古、吉林，甚至还有从秦皇岛专门坐动车赶来参赛的。有的中学生请假而来，早上5点多就到沈阳，一直等到现在。

过了一会儿，终于开始领参赛单。拿到参赛单才得知今天不需要演唱歌曲，要27号才开始比赛。27号本来有课，但老师那天考试所以放假，这样就不会耽误课业，这日子简直是为我量身而定的。

两天后终于可以开始比赛了。来到报名地点，人比那天能多出几千，气势磅礴。也有刚来报名的，我因为已经领到参赛单，所以在候场区的前面排队。刚开始以为是按号来排队入场，但可能因为人数庞大，于是就按到场的先后顺序入场，每一次能入二三十人，又是一场等待。

我排在队伍前面，是第二批入场的。候场区安放二三十个塑料凳，分为四五排，按先后顺序就座。当时，坐在那里觉得心情格外激动，因为舞台就在眼前，心中憧憬了许久的这一天终于到来了。

我看身边的选手有的塞上耳机，应该是在默默地听即将参赛的曲目；有的低头沉思，来回摆弄手指；有的跟身旁的参赛选手热切地讨论。每个人对即将到来的比赛都持有不同的心态。我当时没有任何紧张与焦虑，只是想顺其自然就好。过了半个小时，已经接近11点了，终于轮到我们这一组在比赛的小棚前等候。现场临时设立两个小棚，用黄色绒布挡住。这个神秘的小屋就是比赛的地方，很多选手的人生也即将在这里得到改写。

按规定每个选手只有30秒的时间展示才艺，唱得优秀可以多唱些时间，如果评委觉得不妥也可以在未到30秒内就摇铃，提前让选手下场。我们在外面能够听到里面选手的歌声，有的的确嘹亮浑厚，但也有刚唱一句就被摇铃终止的。

到我上场的那一刻，心里只觉得轻松无比，掀开黄色绒布，看到里面有两位评委，一男一女。我简单介绍一下名字、编号，就开始演唱。唱了几句后，评委摇铃，我以为要我下场，正准备退场，结果评委说再换一首中文歌，当时我一下子手足无措，因为并没有充足准备，一时也想不起来，就跟评委说可否继续把那首英文歌唱完，评委说可以，我又把它唱完。然后他们又让我唱一首别的英文歌，这又在我意料之外，也是因为准备不足的原因，唱了几句就忘词了，最终还是没有通过。评委很善意地给我点评了一下，针对我的情况谈了一点乐理知识，使我受益匪浅。尤为印象深刻的是他说的一句话："其实比赛获奖并不是最终目的，重要的是要学会一些新的东西，你很有天赋，但是如果准备充分就更好了，希望明年还能见到你！"于是我向评委鞠了一躬就心情安然地下场。

出来时同学赶忙跑过来问是不是过了？我向他微微一笑，说没有。同学很诧异，说不可能，他指着另一个小棚说："那边的参赛选手都出出进进能有七八个了，这边你还没出来，以为一定能行了。"我说："没过也没事儿，别想了，咱们去太原街地下吃饭吧！"

参加"快乐男声"的结果并不重要，实际上能参加比赛对我来说就是一次不小的突破，毕竟评委能在选手众多、时间有限的情况下，为我留下两三分钟的时间展示才艺，并且得到专业人士的点评，我已经知足了。我认为每一个少年都应该有一次这样的经历，如果有过，那么当年岁渐长时再次回忆，依然会被当时充沛的激情所感动。如同一位网友在信中提及的这段话——年轻的时候大抵都有充沛的激情，只是越来越商业化的生活总让人不知所措。我们生存在一个物质的世界，那一点仅存的热血十分可贵。

我想参赛的最终意义正是如此。这是一次青春之中难得的标记，仿佛春日的桃树只为盛开的那一天，虽然也有凋谢，但盛放的过程已经值得细细品味。

最终，还是不虚此行。

草筝的冰蓝色

流萤回雪

这天下午第一节是语文。老师给我们念张亦佳的作文，张亦佳写的是《一棵在黑暗中等待的树》。老师说，你们闭上眼睛听，闭上眼睛听特别美。张亦佳开心极了。十几秒之后等我们睁开眼，惊恐地睁开眼，果真在黑暗中了。

我听到许多同学的叫声，包括自己的。我叫的是"啊"，又粗又哑，我还听出了顾曼的声音——"妈"，又细又尖，以前她被开水烫到了就这么叫，大家全笑她。而现在我也想叫"妈妈"。

声音一直从四面八方传来，微弱的。大抵都是"我疼我疼我疼""谁在我身边，我是……"后来我们都听到语文老师的声音："大家坚持住，尽量别动，少说话，保持体力，会马上有人来的。等出去后啊，我请你们吃东西。"

语文老师是我们学校最年轻的老师，还没有结婚呢，她这几句话像是用最大的力气说出来的，越说声音越小。我们去食堂碰见她，总磨她请我们喝奶茶。我们叫着，小张老师，小张老师，然而她没声音了。

我的座位是教室最后一排，我太胖了，钻不到桌子下面。地震来的时候我就钻到了角落的扫帚堆那儿。隔壁班的草筝和我一样埋进了他们班的角落扫帚堆，平躺着。但她说她的身上压着东西，不能像我一样动。

半小时前的那一瞬我坠入一片漆黑，开始我是趴倒在地上的，后来发觉四肢稍微能活动，就伸手摸摸周围的富余空间。我摸到一个小巧玲珑的物体，温热。然后草筝叫起来："啊，啊，我的耳朵。"

沉默好久后，我才说你疼不疼，她说还好。我说你渴不渴，中午有没有好好吃饭。草筝说她吃得挺多的，能撑很久。然后她偷笑，小樱，我告诉你个秘密……上节课我快憋死了，就等着下课呢，我现在正憋着，我想、我想……

我嘿嘿笑，大的小的？

小的，她说。

不管它了，你开动吧。

又沉默了下来，我想，我出去后的第一件事就是看我爸我妈有没有事，然后就看同学去。张亦佳有没有事呢，好多女生都在喜欢他呢。可是我什么时候能出去呢？会不会有人忘记找我呢？我已经意识到，周围说话的声音越来越小了，他们是睡了还是……我迷迷糊糊地想要睡觉，毕竟这里太黑了。

我想起张亦佳的作文："黑色，是一种最大限度包容安全感或不安的颜色……"我又想起以前看的一篇文章，那个作者说自己特没安全感，恨不得睡觉的时候都要贴张纸条在额头上："她只是睡着了，还没有死。"

我想睡，我对草筝说。我说我只是困了，不是快死了想睡觉的那种。草筝说她也想睡，但好像是快死了想睡觉的那种。

我吓了一跳，睡意全无，我说你刚才不是还说你没事吗？

草筝说，东西压着腿，刚才没感觉，现在意识到可能已经断了。

我说反正你又没法看，别扩大痛苦，说不准啥事儿都没有——我是北方来的学生，所以说"儿话音"特别重。

她笑了，说也许。

我问草筝，出去后，你要做的第一件事是什么。草筝微弱地说，抱你。

我说为什么呢？

能陪我在这下面说话的，只有你一个，我能活多久，我就记住你多久。

呐，我学着电视里面范伟的腔调，谢谢啊。

说实话，现在让我构想草筝的模样，我都构想不出来。因为首先她不是我们班的，其次早就听人说她是那种很害羞的姑娘。也许我在上学路上碰到过她几次，但是肯定都没有打过招呼。我依稀记得她总爱梳一个很普通的马尾，刘海儿很长，眼睛不是很大。我去他们班找小景玩儿的时候，聊天的人群里一定没有她。我从来没有想到，我会和她有这样的交集。

我在布满尘埃的空间里咳嗽了几声，说我想喝水。

她说没有办法，等吧，少说话，保持体力。

仿佛是知道我害怕这沉默，她说，反正我不渴也不累，就是腿疼，你就听我说话吧。

我说嗯。

她开始轻而缓地说话，声音像温柔的气泡一样漂浮到我的脸上——

如果刚才没有发生这件事情，我们会继续上课的。我们在考数学，好难的题呀，后面的大题我只做出来三个。我不知道怎么回事，不管多么用功，数学就是跟不上去。我最喜欢证明题了，因为我可以胡乱写一些步骤，然后在最后写上"得证"两字……做题的时候我像以前一样想，如果我们考着考着，来个水灾什么的，卷子就会报废掉，我就不用继续不及格了。我刚这么想着，就晃了起来。

我嘿嘿笑了两声——实在忍不住了。

其实，从小到大，看到别的地方刮台风啊、山体滑坡呀、火灾啊，在可怜别人的同时，我的心里没什么感觉，也许毕竟那是离自己很遥远的事情吧。我记得有一次和网友聊天，他就打字跟我说，现在好像有点晃动了。过了一会儿，他又说，没事了。那好像是去年河北的小地震吧，那时我就想，为什么他不赶紧逃，反而在网上慢慢地说话呢。

我没有说话。

我想吃西瓜，我想吹空调，我想看看我有没有被毁容，我还想活到18岁呢，看看我最漂亮的时候是什么样子。你也知道，我是那种不爱说话的女孩，我想我会改过来的。其实……我唱歌很好听的，你要不要听啊。

我说要。

她慢慢地、慢慢地开始唱一首我在小学时候学过的歌——《红河谷》。

野牛群离开草原无踪无影，它知道有人类要来临……

我能听出来，她是微笑着在唱这首歌。以前妈妈给我讲过，一个人如果用心唱歌，她便会微笑，当她微笑着把歌唱出来，她的声音就会格外甜美而有精神。草筝的声音虽然不大，但是，这几乎是我听到的最好听的一支歌。

我跟着她一起唱——大地等人们来将它开垦，用双手去创造新天地……我们的声音回响在寂静的黑暗天地里，把这一刻的时间和空间都消磨了意义。

然后她突然说，我唱不下去了，嗯。

怎么了？

我想睡，我想睡，我想睡。

不要么，现在还是大白天呢……呃……其实，我也不知道几点了。

草筝说，我们就假装现在是一场梦吧，黑夜的梦也好，白日的梦也好。

我骗她说，不会梦多久了，因为我好像听到上面有动静了。

草筝说，我听见一片蓝色，14℃的蓝。

我想起我能摸到她的耳朵，最早我不就是摸到她耳朵，然后我两才互相发现的么。

我把手放到草筝耳旁说，来，我摸摸。

其实我知道，那也许是她的胡话了，她支撑不住，迷迷糊糊的胡话。

然而我真的摸到了蓝色，冰蓝的颜色，非常纯洁的冰蓝色——天空的颜色。冰蓝色从我的手指尖划过一道深深的弧线，掉落到我这边的小小的空间里，我看着它像水一样慢慢填满我周围原本的黑色，它滋润了我干燥的肌肤，我干燥的口腔，我干燥的思维。我有了一种想要流泪的冲动，是那种很开心的泪。我觉得我们很了不起，草筝最了不起了。

仿佛是很久、很久以后，我才站立在了温暖灿烂的阳光底下。我奔向担架上几乎是血肉模糊的草筝，给了她一个她最初想要给我的——拥抱。

我的王子叫唐诺

孟　瑶

当我最后一次在纸上写下"唐诺"这个名字的时候，忍不住地笑出了声。老师深情的讲述被我打断，同学用一种惊异的目光看着我。要知道这可是老班的课啊，我已经想到了我的后果——站着度过后半节课。

唐诺，知道吗？当我第一次在纸上一遍一遍地写下你的名字的时候，就是我喜欢上你的时候，但我从未想过，我喜欢上你仅仅是因为你的名字。

只记得那是盛夏的某一天中午，教室里风扇无力地吹着，空气沉闷，没有人可以安静地坐下来学习，都拿着书有气无力地扇着。我也因为这闷热的天气显得异常烦躁，长出一口气，将脸贴在了课桌上，刚感到课桌有一丝冰凉就听到有人在喊："孟瑶，有人找！"我的神，谁啊？在这种天气来找我。极不情愿地走出去。是以前的同学，手里拿着一个冰蓝色的扇子，左右晃动着，找我借书。在我再次出去给他书时，顺手将扇子拿了过来，扔下一句话："借我玩一会儿，下次来我给你。"

就这样，我晃着扇子进了教室，冰蓝色，很凉很凉。

晓晓也无力地趴在我旁边，玩着扇子，突然问了一句："唐诺？你以前同学啊？"我转头，"唐诺？不认识。"晓晓指着扇子的右下角说："呐，这，拿着人家东西还说不认识人家，就是刚才那男生吗？"我仔细一看，右下角一张小小的心形粘胶贴纸上很艺术地写着"唐诺"啊！唐诺，多么好听的名字啊！唐诺，他会是一个怎样的人呢？旁边的晓晓推了推我，"问你呢，就是刚才的那个男生吗？""嗯？不是啊，他可能拿别人的扇子吧。"一句话也像是提醒了我自己，对啊！他一定认识唐诺。

一瞬间，只是因为对这个名字的好奇，我盼望着同学来给我还书，这样我就可以问他关于唐诺的情况啦！

终于，不到下午放学他就来了，我极其兴奋地拿着扇子问道："唐诺？

你们班的？"他将书递给我说："不是，我不认识，我拿的别人扇子。"我失望地拿着书回到座位。

突然间，脑袋里心里满满的全是唐诺的名字，因为这是我听过的男生里面最好听的名字。

天呐，这个叫唐诺的男生怎么会如此粗心，这么热的天把扇子乱丢，又经过几个人落到我这里，让我认识了这个叫唐诺的男生。

可是，这算认识吗？我也仅仅只知道他的名字而已啊。在今后的几天里，我没有一天不在想"唐诺"这个名字，这个叫唐诺的男生究竟是个怎么样的人呢，我有太多的想要了解。

终于，在一次闲暇的午后，我将窗帘拉得严严的，桌上只放了一杯冰镇的白水，透明的玻璃杯上，有细细的泪珠，我一个人静静地想着他，想着想着，我就再也忍不住，第一次在纸上一遍一遍地写下唐诺这个名字，写着写着，我不得不承认，我似乎喜欢上了这个叫唐诺的男生。可是，我却从未见过他，也许，在偌大的校园里，我们早就见过，只是缘分让我们还不认识彼此。

我终究按捺不住心中的压抑，将这些告诉了晓晓。晓晓一脸欣喜地拉着我说："走，带我去看看！"一边小声地嘀咕："唐诺啊，怎么听着这么耳熟。"我一把把她拽了回来，一字一顿地告诉她："我，还，不，认，识，他！"晓晓瞪大了眼睛，拍了一下我的脑袋，说道："大姐，病了吧？不认识人家就说喜欢，你怎么知道有这么个人啊？不会是梦到的吧？"我告诉他，唐诺就是那把扇子的主人，我只知道他的名字。

晓晓还是了解我的，她可以体会我的感受，一拍胸脯说："好吧！我帮你找。"在晓晓拍着胸脯自信满满地说要帮我的时候，我的心猛地激动起来，似乎将能见到唐诺的希望全部寄托在了晓晓身上。

在体会激动与等待的那段日子里，我还是会时常想：为什么自己会是这样，喜欢上一个人先喜欢上他的名字，他的名字并不是如何的石破天惊，却会让我如此念念不忘，以至于我从未见过他就敢大胆地说我喜欢他。也许我这只是一时冲动，可是在这个年纪，没有什么理由可以让我们平静，没有人喜欢像白开水一样的生活，尽管它是如此的清澈、透明。

晓晓那边依然没有什么消息，我有些想要放弃。时间流走得太快，即使我依然可以像以前那样一遍遍写下唐诺的名字，可是我却发觉到自己有些不切实际，毕竟，我只知道一个名字而已，只是，一个名字。

我不止一次地幻想，在这个炎热的夏季，他会穿着宽大的白色T恤，露出他漂亮的锁骨，头发碎碎斜斜地划过眼睛，穿一双43号的运动鞋，在球场上奔跑，他一定会投出漂亮的3分球，然后用手臂一抹额上的汗珠。

"喂！孟瑶，醒醒啦！"突然有人狠狠地晃我，才知道自己竟然睡着了。我睁开眼睛，是晓晓，只见她上气不接下气地说："我……我找到唐诺了。"我一下从板凳上跳起来，问道："你见到他了？"她说还没有，只是刚才碰到了一个朋友，就随口问了一下，结果人家说和唐诺是一个班的，于是晓晓没来得及多问，先跑来告诉我。

一时间，我愣在了那里，似乎这么长时间的期盼就要实现了，那个让我心绪起伏的人就要出现了，我却显得有些不知所措了。晓晓拉着我，向那边走去。一瞬间，我站住了，我对晓晓说："你去找你的朋友，让他把唐诺叫出来，我就在旁边看一下就行了。"晓晓说："你不是一直想见他吗？怎么了？后悔了？"我沉默了，我不知道该用一种怎样的心情去面对，就这样沉默了好久，晓晓放开我的手向那个班门口走去。

看着晓晓忽然停下，站在两个女生面前，又突然拉起一个女生的手向我这边跑来，我猜到那是她的朋友小敏，另一个女生在后面缓缓地跟了过来，她和小敏在我眼前站定后，那个女生和她们打了声招呼说："我在楼下等你。"就从我身边走过去。晓晓一副神秘兮兮的样子对小敏说："你们班的唐诺现在在不在班里啊？叫出来一下。"我本以为小敏会问为什么要见唐诺，正考虑怎么回答她的盘问时，她却说："唐诺？就是刚才的那个女生啊！你找她干吗？"

一时间我和晓晓都愣在了那里，是女生？为什么唐诺会是女生？片刻后，我想问会不会有两个唐诺，却发现那已经不重要了。

我不记得自己是怎样离开的，也不记得晓晓是怎样应付小敏的追问的。晓晓安慰我，我说其实没事。我本来就没有失去什么，只当是做了一场梦，只是我一直固执地认为唐诺是个男生，梦醒时，让人有些心酸。

后来，我买了一大包奶糖，一颗一颗地往嘴里塞，最后，轻轻地趴在晓晓的肩上说："也许，也许还会有另一个唐诺呢？那他就一定是一个男生，我一定会找到那个叫唐诺的男生，我要叫唐诺当我的王子。"

晓晓说："孟瑶，高中还在一起吧？"我说："嗯，可是会分班的。"她说没关系。我问为什么，她说："这样就可以继续帮你找那个叫唐诺的男生了。"于是我们俩就都笑了。

其实晓晓不知道，我有再去过那个班，去看那个女生，那个叫唐诺的女生，有很好听的名字的女生。

唐诺，再次想起你时，我也只会浅浅一笑。

唐诺，最后一次在纸上写下你的名字时，我笑出了声。在那个盛夏，我认识了一个叫唐诺的"男生"，而现在我或许才懂，我也仅仅只是喜欢上那个名字而已。

那个叫作唐诺的名字。

一路走一路盛开

刘 慧

14班

记得自己上高三的时候就和丫头一起聊过这个班级。回读重点班、学校主力军，重点大学就全靠14班的高手们。那个时候我们只是随便地说说而已，可今天我和丫头竟全坐在这个让我们激动的14班里。

没来之前就听说这届回读班的班主任是付老师，在学校是出了名的严厉。14班一共72号子弟，我只认识丫头和墨迹。付老师要求自己搭配找同桌，大家就都忙起来了。等都搭配得差不多了，我们仨也没搭伙儿，正站在走廊里聊得高兴。分好的同学一排排坐满后，付老师问我们怎么分的伙儿，丫头说："我们仨，不分开。"看丫头摆出那副没得商量的架子，我和墨迹都忍不住笑了。

付老师气呼呼地把我们仨安排在最后一排。不过，我们真的如愿没分开。

刚开始上课那两天，14班静得吓死人，就连下课都静得要人命。我和丫头大部分时间都窝在书桌上睡觉，墨迹则没完没了地逃课。墨迹从前不是这样的，他很认真很好学，很听老师的话。现在变成这样，我和丫头都没大惊小怪，因为我们都一样。我偶尔睡醒抬起头，看着那些学习的身影会莫名地害怕，然后我就摇醒丫头，让她陪我聊天。偶尔墨迹会发信息问问我们有没有梦到王子之类的人物，我和丫头看了就一起咯咯地乐。

——我们三个，谁都没骂谁堕落。

班级的最后一排

后来晚进14班的都被付老师安排在最后一排，于是不学习的人又多了。

最后一排坐满那天特逗。那天我、丫头、墨迹、小峰、东东正趴在书桌上大睡特睡，小裴就拎着书包晃到最后一排唯一空着的一个座位坐下。然后他右边的东东醒了，拍拍小峰，小峰拍拍墨迹，墨迹拍拍我，我拍拍丫头。等我们5个都坐直了才发现全班同学正回头看着我们，门口的付老师脸都气白了。

理所当然，我们5个被叫到付老师的办公室，等我们5个嬉皮笑脸地回来的时候，小裴同学正呼呼地睡着……

人多了就是热闹（14班一直都是最后一排最热闹）。4个大男生三天两头就拎一大堆好吃的塞在书桌里，晚自习我们6个就躲在书本后面不停嘴地吃。

后来班级的最后一排经常一个人也没有。6个人跑出去吃麻二吉拌饭，吃四川米线，吃酸菜火锅，吃韩国大串。我们6个人喝饮料，也学人家觥筹交错的，特优哉。

——那时，14班最后一排的宣言是：这里与学习无关。

了了咖啡屋

这个地方，我和丫头高中三年常来，如今回读了依然离不开这里。

丫头一进这屋就特安静，半天半天不说一句话。我逗她，她不乐的时候我就威胁说要打电话叫墨迹、小裴他们过来，她就屈服了。不过不是丫头不喜欢和他们在一起，而是丫头就这么一个能让自己安静下来的地方，墨迹他们来了又该闹腾了。

所以我每次陪丫头去了了咖啡屋的时候都瞒着他们4个，比瞒付老师还心慌。

每次，丫头的咖啡喝到一半儿她就开始给我讲故事，都是她小时候的淘气事。我记得她生日那天我们俩又瞒着他们4个偷跑到了了咖啡屋，咖啡喝到一半，她和我说："你不知道，我上幼儿园的时候每个星期都会得一朵小红花，歌唱得可好听啦，作业写得很工整，问题回答得棒，老师就给我戴一朵小红花。回家和老妈老爸一说，他们就夸我，丫头真好啊，丫头真好啊……"只有那天她讲完故事就哭了，剩下的半杯咖啡都没喝完。我知道她是恨现在这个不争气的自己。

——我懂，我们爱上苦的咖啡，只是因为苦的心情。

车　站

丫头走的那天，天阴阴的，虽然有一节付老师的研讨课，但14班的最后一排还是空空的。丫头走的前一天晚上给我打电话说，她家里人知道开学这么久她一直无心学习，所以决定给她换个环境——转学。

早课丫头没来，那4个大男生嘀咕着说："小丫头片子自己野去了，这会儿又不嚷嚷让咱们跟她混了。"虽然之前我已经答应丫头不和他们说，可是我实在受不了了，6个人在一起好了那么久了，她又怎么可以就这么不声不响地离开呢！于是我一口气把事情的原委和他们说了一遍，包括那句"下午4点半的车"，说完后，谁都不说话了。

墨迹是第一个站起来，在英语老师一直注视的目光里半个字都没说就走出了14班。随后最后一排剩下的4个人也一起冲出了教室，谁都没理会英语老师那惊异的目光。没办法，我们不擅长请假。

丫头打开房门看见是我们5个，半天都没说出话来，那样子和她平时吵吵闹闹的活泼劲落差太大，我们5个一时没忍住，都笑了。

"都要走了，也该领我们和你再叙一次吧，老大！"小裴敲着丫头乱蓬蓬的脑袋说。

4点我们送丫头到车站，她父母也来了。丫头穿得很多，帽檐压得很低，脸哭得红红的。墨迹买了很多她爱吃的零食塞在她手里，还有一瓶冰红茶是给她润哭哑的嗓子的。

"那，到了那边好好学。"墨迹声音很低。

"你们也一样。"丫头很勉强地冲着我们笑了一下。

准备检票进站上车了，丫头脱下帽子，站在检票口和我们挥手，然后一转身随人群进站了，那一刻我连哭的力气都没有。其实我们都有很多话想和丫头说，比如你到那边不要再坐最后一排，不然你会听不到老师讲的话，看不清老师写的字；比如你到那边别去蹦迪了，不然没有人围着你，你会跌倒会受伤；还比如等你回来了我们还陪你玩丛林骑兵，我再不会走错区了，我会和你在一起并肩作战……只是，在这个喧闹的车站，这些话该怎么说出口？你受不了，我们也受不了。

——任何时候你回来了，我们都陪你，剩下的日子我们一起努力。

楼 顶

丫头的课桌本该抬走的，是我们五个硬从付老师手里抢回来放在我旁边的。现在上面堆满了同学们不用的课本，不过没关系，哪天丫头回来了，我们就躲在课本堆后面聊天。

丫头走后，我们5个很少逃课了。小峰很争气，在全校的模拟考中考进了全校前30名。墨迹买了一套复习调研书，经常可以看见他拿着笔认真地思考，样子很可爱。东东和小裴也开始听课、开始记老师布置的事了。我把这些打成信息发给丫头后，一个人爬上了教学楼的楼顶。

时已入冬，天气很冷，我扶着栏杆看城市的楼群，不知看了多久，想了多少事情。

我承认我们颓废过，一下子从好孩子变成"坏孩子"，谁都没在意过。我也承认我们拧不过现实，都说过"死都不回读"的话，落榜后不照样通通都回来了吗？但我不承认我们放弃过自己，就像墨迹说的"我们跌倒过，但我们正在爬起来"，所以这一点我死都不承认。

现在再去看高考，我已经不再满满地希望自己能赢得多少辉煌，只是尽量走得踏实，我想我的朋友们也是。颓废的日子已经过去了，如今我们选择坚强面对。

　　一群鸽子呼啦啦飞过头顶打断我的思绪，我站直身体做了一个深呼吸，感觉真好。然后我发短信问丫头："如果明年的高考我们再输掉怎么办？"丫头回答我说："那我们再不回来了，我们一起去流浪，你跟我混。"

　　——这就是我们。

那些支离破碎的时光

左岸倒映

夏小沫满脸兴奋地和我说向西北时，我正在做一张卷子，夏小沫说微安你知不知道，西北上楼时跟我说借过；微安你知不知道，西北今天笑了，微安你知不知道……

我对着那张卷子却一个字也写不出来。"夏小沫，"我霍地站了起来，"你好无聊，为何总是执着于你得不到的东西，最终受伤的只会是你自己而已。"

夏小沫明媚的大眼睛一下子黯淡下来，仿佛有人在她眼里刻上了黑色的花朵，那花朵把我的心压得好沉好沉。

我知道，向西北就是夏小沫眼里那些黑色花朵的雕刻者，但我不知道，在我眼里是否也有那些深沉招摇的黑色花朵。因为同夏小沫一样，向西北也是我心中那不能愈合的伤疤，无时无刻不在隐隐作痛。

024

向西北是坐倒数第一排的男生，上课不睡觉却也不听课，一个人就那么安静地坐着，有点酷又有点害羞，总是穿着白T恤加上牛仔裤，干净的气质吸引着包括我和夏小沫在内的全班女生的眼光。

我还记得那次玉兰花开时的情景。正是阳春三月，我在教室里泡着一杯玉兰花茶，当夏小沫双眼闪着红心说出向西北这个名字的时候，玉兰花的香气弥漫了整间教室，氤氲的水汽毫无预兆地把我的眼泪逼了出来。夏小沫说向西北时，眼里有绚丽的玫瑰，脸上有飞扬的神采，还要在向西北这个名字前冠上"我们家的"字眼儿。

从初二到初三，向西北还是向西北，他的名字前面还是没有冠上"夏小沫的"，而夏小沫眼里绚丽的玫瑰也逐渐沉淀为黑色的花朵。

夏小沫问我："微安，他为什么总是不肯接受我？"我转过头去看夏小沫，她仰着头在看太阳，白花花的阳光就那样毫无遮掩地洒在她的脸上，神情落寞，眼神空洞。

夏小沫脸上的落寞让我心痛，我不喜欢这样的夏小沫，从前，夏小沫是多么明媚鲜艳的女孩子啊！

我突然间泪流满面，小沫，我们应该学会忘记了。

我静静地跟在向西北身后，一言不发。夏小沫，我决定用我的伤悲去换你如花的笑脸。西北，再见了，从下一秒开始，我将学会放弃！

无情男孩向西北终于转过头来问："同学，有事吗？"

"我、我，向西北，我、请你当夏小沫的朋友！"

夏小沫眼里又开始绽放出那绚丽的玫瑰，只是偶尔的眼波流转间露出一丝莫名的忧伤。她开始很大声地说"好朋友向西北"，开始很妩媚地笑，开始为向西北准备便当，同时，开始离微安很遥远、很遥远。

黑色6月在悄悄逼近，我听到了那个叫中考的魔兽不停地在我耳边咆哮。过完了这个6月，我、夏小沫、向西北，分别会走怎样的路线呢？

这时我已渐渐习惯了夏小沫的疏远，只是远远地看着她那如花绚烂的笑容，然后一个人上学，一个人回家，一个人独自喝大杯的奶茶，一个人照顾那棵夏小沫坚持说是花的草，固执地等待那棵草开花，等待夏小沫回来。在深夜里做永远也做不完的习题，莫名其妙睡到一半的时候，爬起来大杯大杯地喝薄荷冰水，又跑去做那堆积如山的习题。

我们那个既严厉又慈祥的女班主任又在不停地重复着她说了一百遍的考前准备工作。我勉强睁开不断打架的眼皮，塞上耳麦，一遍又一遍地听周杰伦的《最后的战役》，耳麦里的周杰伦用很悲伤很干净的声音在唱：我留着陪，强忍着泪滴……有些事真的来不及，回不去……

夏小沫，是否有些事真的来不及、回不去了？

那一天，向西北只对我说了一个"不"字，我就一直跟在他身后，不停地说，向西北，请你当夏小沫的朋友，向西北，请你当夏小沫的朋友，向西北……然后，在第二天，我在夏小沫家门口等着，等待着夏小沫的出现，等待着她如花的笑容，但却等来了夏小沫的歇斯底里，林微安，你怎么可以这样做！

向西北，你怎能告诉小沫，夏小沫是何等骄傲自负的女孩子。

我亲爱的小沫，请你不要责怪微安，微安不想看到你那落寞的神情，向西北能把你眼里的黑色花朵抹去。但我亲爱的小沫，你还是无法原谅我，你把我丢弃在原地，只留我一个人在深夜里哭泣。

我亲爱的小沫，你知道吗，我一直在怀念那段在我们生命中占据最重要位置的美好时光，在名叫向西北的男孩还没有闯进我们的世界的那段时光里，我们是多么美好的女孩子，有着明亮的笑眸、简单的笑容，长长的头发扎成松松散散的两条辫子，在身后放肆招摇。

我还记得那时周杰伦出了一张叫《叶惠美》的专辑，傍晚时，我们躺在散发着草香的草坪上很大声地唱着《东风破》。

可事与愿违，事实偏要远离我的所愿……

6月，夏小沫与向西北吵架后形同陌路，然后是中考。

7月，中考成绩出来，我们三个人都考得一塌糊涂。

8月，我们在为前途渺茫而灰心丧气。

9月，夏小沫离开了这个生长了十几年的城市，去了一座遥远而繁华的城市读中专，向西北则留在本城的一所重点高中，而我，也留在了那所高中，只是，和向西北也形同陌路了。

10月，那棵夏小沫坚持说是花的草，绽放出一朵朵小小的白色花朵，如同往昔的那些支离破碎的时光……

第二部分

友情的暖色地带

　　我常常在周日的时候，骑着我那辆老脚踏车绕过大半个城市去大塘公园。

　　大塘那边是老城区，空气中沉浮的是古老的气息，仿佛年华已逝的老人，也仿佛花朵盛开到极致后败落的残红，而我是爱极了这种气息的。大塘的存在对于我来说无疑是陶渊明的世外桃源，我是在这里认识莴莴的。不，准确地说应当是莴莴在这里认识我的。

——顾沅湘《大塘旧事》

在路的那边

五十岚

一

元旦晚会的时候，阿苏在非常尽兴地唱完化学版《青花瓷》雷倒大众之后，又乘兴给我们讲冷笑话："问你们一个问题，知道小鸡为什么过马路吗？"这是一个极其没有吸引力的问题，全班继续去回味那个恶搞的化学版和走调到完美的《青花瓷》，只有丁锐回答他："To get to the other side."说起丁锐这个人，他本是个不学无术的英语白痴，在某位实习老师的关爱下对英语产生了狂热的兴趣，就连座右铭都从"钱即真身"变成了"Wealth is more important than anything."扯远了，他回答这个没前途的问题就是为了显摆他那突飞猛进的英语，我们非常配合地不屑一顾。

事后，我问阿苏她怎么突然讲那么没水平的冷笑话，她神秘地凑过来："哎，你们是没领会到其中的真谛。""小鸡过马路？那还能有什么真谛。"我无所谓地耸肩。"你是没领会到其中的真谛。"她固执而认真地说。

二

我颤抖地盯着电脑屏幕，Excel表格里装载的是全市统考成绩的内部文件。我刚刚艰难地吐了几个字音，电话那边就立马砸过来阿苏的嚎叫："你说什么？！970分？！他疯了吗？他疯了吧！……或者是你白内障？散光？青光眼？！"

"别耍宝了阿苏，面对现实吧，的确是970分。"虽然不想承认，但年级第一的确考了970分，虽然名字陌生，但不能忽略他离满分只有80分的事实。阿苏还在那边大吼"这个世界果然是不公平的""造物主有偏见""以后如果我当了科学家一定要解剖他的脑子"……忽然又抛过来一个问题："喂，那你考了多少？"

我虚弱地回答："888分，年级88名。"阿苏用她那特有的安慰方式安慰我："多吉利呀。""吉利你个头，人家可是考了970分……"我还滞留在和第一名相差将近100分的沉重打击里无法自拔。"得了吧你，下面还有两千多人给你垫底儿呢，你翘个什么劲。"

我不跟她瞎掰，"……你找我就是为了问年级第一考了多少分？""哎呀，差点忘了正事，咱们组这个假期的任务就是给第一名做专访，我看这下有的做了……"阿苏在那边碎碎念。专访？多谢素质教育，搞个研究性学习也就算了，现在又弄出来个专访？我咬牙切齿地回答："没问题，交给我吧。成绩不行，专访我还是可以的。对了，你们不许插手，我一人来就行了！"成绩这事到底让我不顺心。

"……不是吧橘小美，你受打击了？"阿苏疑惑地问，"真的不用？""不用。"我坚定地一锤定音，把自己的台阶全给拆了。

三

其实夸下海口之后我就有点后悔，毕竟这是小组作业，虽然大家都对它避之不及，但终归不是我一人的。

当阿苏把专访格式发过来我才真正后悔，又茫然又恐惧地看着密密麻麻的一张纸，我有穿越到制定格式的人面前给他洗脑的冲动——个人资料手册一份！附带英文翻译！有能力再制成电子版……我咬着笔翻白眼，这让我上哪儿去搞啊，要写一份5000字的人物事迹报告已经让我心力交瘁了，还附带英文翻译，真以为我是奋起而勃发的家里蹲大学出来的高才生？

我带着疑问号和感叹号爬到Q上去求救，鼠标划过阿苏闪亮的头像，但终究没有点下去，我自负地说了那样的话，又怎么能笑嘻嘻地再去找阿苏反悔。

四

这个假期让我过得乱七八糟，老爹老妈去遨游祖国的大好山河，重享蜜月温馨。我在家里吃了一箱子泡面，差点瘦成皮包骨，还要继续搞没有前途的策划。

我跑前跑后终于联系到了970分的那个学生，但见面后差点悔得我抓起前面的笔自行了断。他说话速度极快，简直像加菲猫在吐西瓜子，就连绕口令专家都要望尘莫及。纵然平日里积累的记笔记经验能让我就重避轻，但仍赶不上他的思维。况且人家是注定要出国深造的，时不时吐出几个不知哪个领域的英文专业术语，搞得我晕头转向。

Q上我抱怨他说话极快堪比周杰伦，阿苏给我留言：你没用录音笔啊？突然想起格式制定里有一条建议是使用录音笔，阿苏她爸是报社专访记者，肯定有那种东西。我后悔无比，但是晚了。

有句话说得真好——自作孽，不可活。我现在是身体力行了。

五

走投无路，我终于能够坐下来思考。作为这场闹剧的导演，我实在是尽职尽责。就像猫在失误以后会情不自禁地顺毛来掩饰自己的过错，我死死地捂住这丑陋的伤疤不肯承认它的存在。

阿苏突然打来电话，电话那头她的声音轻轻的："橘小美，记得晚上听校广播哟。"

是夜天朗气清，我抱了小型收音机，爬到天台上看星星。按下按钮，播音员柔和的声音便如流水般涓涓而来，拂走了连日来所有的疲倦，我静静地听着，听那些未曾谋面的人倾诉，望着遥远的繁星，冬夜里落了霜，广漠的寒天里一片阒寂，世界悄然无声。

"祝福"栏目到了，阿苏的声音突然跳了出来："喂喂，橘小美你在听吗？！"我吓了一跳，接着反应过来是阿苏在广播里说话，不禁笑起来，改天见面一定要笑话她竟然搞得这么有格调。"你就不要这么死要面子地撑着啦，英语翻译丁锐已经帮你做好了，电子版我也找人OK了，看这几天你那颓废样……对啦，你以前曾经问过我，为什么要问'小鸡过马路'这个问题，现在我可以回答你，因为路的对面有它的同伴呀。可怜的橘小美，快点到路这边来吧。"

我紧紧抱住小小的收音机，在这个春寒料峭的夜里，呵出的白气都会成霜。心里却暖暖的，就像在火炉旁烤火一样。

广播里放着柔和的音乐，女歌手轻声哼唱着过往的曾经。唇角终于可以勾起一个小小的温暖的弧度。

——喂，阿苏，真是对不起了，我会努力的。

——路的那边，真是美好极了。

大塘旧事

顾沅湘

一

我常常在周日的时候，骑着我那辆老脚踏车绕过大半个城市去大塘公园。

大塘那边是老城区，空气中沉浮的是古老的气息，仿佛年华已逝的老人，也仿佛花朵盛开到极致后败落的残红，而我是爱极了这种气息的。大塘的存在对于我来说无疑是陶渊明的世外桃源，我是在这里认识葛葛的。不，准确地说应当是葛葛在这里认识我的。

大塘河畔的风极大，哪怕是在素来闷热的夏天也能把树枝吹得晃动不止，似乎整个吴川的风都聚集到了这里。我最爱做的事就是踩上老旧的护栏（自然，我是没有胆子踩上最顶端的，只是踩上了栏杆的空隙），张开双臂闭上眼睛，感受那些风自发间、指缝、耳边呼啸而过的感觉。

葛葛便是在这个时候出现的。

那天，葛葛紧张兮兮地看着我张开双臂站上了护栏，手里攥紧了手机，大气都不敢喘一下。所以当我张开眼睛从护栏上下来时，便看到他转身离开时用手抹去满头大汗的样子。那时，我小小的脑袋怎样都想不明白，在这样大的风中，他怎么会满头大汗？

二

葛葛第二次出现的时候，不再是紧张兮兮地看着我，而是一把把我从护栏上扯了下来。我还没有问他想干什么，他已经瞪起了他那双本来就很大的眼睛骂道："你这个人怎么这样？怎么这么不懂得爱惜自己？我上次还以为你想通了呢。"

我想我是想通了，他上次之所以会满头大汗全是因为——他以为我想自杀！我忍不住"咯咯"笑了起来，我说："自以为是的家伙，我要是想自杀的话，用安眠药岂不是方便快捷一些？"他愣了一下，迟疑地问："你真的不是想自杀？"

"当然！"

"当真？"他还在不屈不挠地追问。"当真！"我郑重其事地回答。

"扑哧"一声，他笑了起来，大大的眼睛成了弯弯的月牙泉。两脸天桃从镜发，一眸春水照人寒，我心里浮起了古老的诗句。

好吧，我大方且老实地承认，我是看呆了。他说："我第一次在阳台上面看到你的时候，我还真是以为你想不开了呢。"阳台？我颇为疑惑。他指了指身后，我随着他的手指看去，一角阳台在逃脱了众多楼房的遮挡后探出头来，阳台边上奔涌出一大丛绿蔓和生机勃勃的花朵。

"我家就在这里，我经常在阳台那里画画。""我很喜欢你家的阳台呢！"我看着那丛花朵，目不转睛。"那有空儿来坐坐啊，我妈妈很好客的。对了，我叫葛闪，不过我的朋友都叫我葛葛。""我是祁连雪。""'失我祁连山，令我六畜不蕃息'的那座山上的雪？"葛葛睁大了眼睛问。

我无奈地笑了，一个名字而已，你怎么扯那么多东西出来？

三

其实我早就认识葛葛了，只是他不知道罢了。

葛葛是我们学校的风云人物，画得一手好画，但他成为风云人物的最主要因素是那一张比女孩子还要漂亮的脸。但我再说明一点，我认识葛葛并不是因为他是我们学校的风云人物。

和葛葛在一起的时光是那样快乐，小小的大塘公园装着我们满满的快乐。在大塘图书馆里面坐着我们就可以消磨一个下午。他捧一本画集，我看一册宋词。或在空旷的烈士纪念广场谈一谈关于那个动荡的红色年代的种种烟云，一天的时光也就悄悄溜走了。最喜欢的去处莫过于老年俱乐部，其实就是一艘遗弃的画舫，用粗粗的绳索系在护栏上，再放块木板充当桥。

画舫上放着几张圆桌椅子，还有几把茶壶。我和葛葛经常抱着一杯茶趴在那里看那些老人下棋，尽管我是不懂的，但依然看得津津有味——我喜欢看他们下棋时的气定神闲。

葛葛竟然还能唱粤曲？我好笑地看着抱着乐器让葛葛唱曲子的众位老人家。

锣鼓开响，云板慢拍，咿呀的二胡拉起了缕缕相思，画舫上的少年一个亮相后，优美异常的曲腔便随着这滟滟波光荡开去了。

半遮面儿弄绛纱，暗飞桃红泛赤霞。拾钗人会薄命花，钗贬洛阳价，辱了君清雅……我的脑海里只能容这样的一个词存在了：惊才绝艳。

拉二胡的老爷爷笑呵呵地说："以前葛葛爷爷还在的时候，经常会带他来这里，大家一看这孩子长得比女娃还好看，就教了他唱旦角了。"

四

葛葛妈妈是漂亮温和的女子，葛葛爸爸是成熟稳重的男子。

当我踏进葛葛家的时候，厨房里正传来阵阵食物的香气。葛葛妈妈从厨房里探出头来说："葛葛带朋友回来了吗？先坐一会儿，很快就开饭了。"葛葛爸爸则坐在沙发上看报纸，看到我后微笑点头致意。

葛葛终于把我带到那角我垂涎已久的阳台上，我贪婪地看着那一大丛绿蔓和那一大片生气勃勃的花朵，对葛葛说："等到我80岁的时候，我就簪满头的鲜花。"葛葛呵呵地笑："那好啊，等到80岁的时候，你未嫁我未娶的话，那我就娶你，帮你簪满头的鲜花。"

我笑，怎么那么像《胭脂扣》里哥哥跟梅姐说的？

葛葛妈妈的手艺好得没话说，我连吃了两碗饭还想要。葛葛妈妈边帮我添饭边问："连雪在哪里读书啊？"我怕葛葛知道我和他是同一所学校的，怕葛葛知道我早就认识他，怕葛葛知道我是有意隐瞒他的——因为一回到学校的祁连雪，便是那个内心孤独、沉默寡言的祁连雪，那样的祁连雪多不可爱啊——所以我不敢回答葛葛妈妈的问题。

　　我不知道葛葛是不是有意的，但他说的那句话的确帮我解了围。葛葛说："妈妈，这烧茄子好像咸了。"葛葛妈妈夹了一块送进口里："嗯，是比平常咸了一点儿。"葛葛爸爸，那个成熟稳重的男子，接过了话头："咸点也别有风味。"

　　多么美妙的画面，多温馨的家庭！

　　我忍不住妒忌起来，低头努力扒饭，但心里泛起更多的是苦涩。

五

　　后来有很长的一段时间我不再去大塘，祁澜如没收了我的手机、钱包和自行车。她指着我的鼻子说："祁连雪，你现在翅膀硬了对不对？有书不好好读，你给我早恋？"其实祁澜如说错了，我的翅膀早在还没有长成时就被她生生折断了。17年来，我听从她的安排走原本应该我自己安排的人生道路，她要我成为她的骄傲，成为她理想中的女儿。可惜的是，我成不了她理想中那样的女儿，我是骄傲美丽的祁澜如人生中的第二件失败品。

　　很忙很忙的祁澜如现在很有空儿，每天都开着她的宝马车送我上学接我放学——那是我从来没有拥有过的现在却不想拥有的权利。每次那辆银白色的宝马车出现在学校门口的时候，那些低微的却带有嘲笑的议论声总是被我的耳朵捕捉到。

　　那个就是我们市的首富，在13班的那个怪丫头是她的女儿。

　　怎么可能？她看上去那么年轻，当年一定是早恋了！

　　那个怪丫头啊……

　　这个时候，我总是很用力地维持着脸上的冷漠，木然地从人群中穿过去。

这样的冷漠终于在那天见到葛葛的时候溃不成军。那天的葛葛，站在校门的那盆苍翠的盆栽旁看着我，目光清澈透明，没有惊讶，没有嘲笑，没有责怪，没有可怜，没有妒忌……什么都没有！他看我的时候，纯粹只是看祁连雪，看单纯的祁连雪，没有扯上她的背景、处境。

祁澜如是何等精明的女子，自然发现了我神情的波动。然后，我听到她低低说了声："祁连雪，你不要早恋。"

我下意识地在心里辩解，不，我跟你不一样。

六

我偷偷去了大塘——在祁澜如上班后，拿了她随手丢在购物袋里的零钱。

意外地看到了葛葛和祁澜如站在塘边。我听见葛葛说："阿姨，你这样对连雪不公平，她虽然是你的女儿，可她也有自己想走的路，你不应该这样肆意地安排她的人生。"

祁澜如背对着我，我看不见她的表情，但她的声音微微泄露了她的怒气："你们现在还小，什么都不懂，不明白父母的苦心。"

"阿姨，你总以为自己是为了连雪好，可是你知不知道，她在学校不声不响，没有朋友，也不与任何人交谈。有时候我看她眼睛没有焦距地走着，真怀疑她是不是真的只有17岁而已。阿姨，你一定没有见过在大塘的祁连雪吧，她会跟很多人交谈，对路人笑，偶尔还会恶作剧。只有这个时候，我才敢肯定，她确实只有17岁。"

"够了。"祁澜如喝了一声，声音微微颤抖，"我不是为她好我还害她不成？我为她吃了多少苦，我成了多少人的笑柄，我的父亲甚至要跟我断绝父女关系。她出生以后一直大病不断，我又操了多少心？24岁那年我父亲离世，我一边要扛起风雨飘摇的家族企业，一边又要照顾生病不休的连雪……我就是不想她再遭到我曾经受过的苦啊！"

我在那棵树后面蹲了下来，用手死死地捂住了嘴巴，可眼泪还是很不听话地掉了下来。

葛葛长长的叹息声传来："阿姨，或许你应该跟连雪好好谈谈，有些事必须摊开来说。"

祁澜如走后，我张开双臂踩上了护栏，闭上眼睛，仿佛时光便随着这呼啸远去的风而流逝，待我睁开眼睛便已轮回千年。

我知道葛葛就在我身后，可他一直不说话。我终究是忍不住了，望着波光潋滟的水面开口说："你说我会不会在这里跳下去？""你要是想自杀的话，用安眠药岂不是方便快捷一点。"

我愣了一愣，然后跳了下来："葛葛，你为什么要靠近我？"他反问我，"那你为什么又要靠近我？"

"因为我妒忌你。"我蓦地抬头看他，"我妒忌你可以画一家人和和美美的画面，我妒忌你有那么多的朋友，妒忌你有那么温馨的家。所以我想接近你，以汲取一点我盼之不得的温暖。"

葛葛眼里有细细的涟漪生起，"原来你还记得，我一直以为你忘了。"

我的惊讶并不亚于葛葛，我也以为你忘了。

"那么，祁连雪，你听好了，我会靠近你是因为你是祁连雪，是那个会帮我拾画的祁连雪，我的心让我去靠近你，唯心而已！"

七

高一报到的那天，校园里人山人海。学生、家长、汽车、行李……这些东西塞满了原本还算宽敞的校园，让人寸步难行。葛葛就抱着一块笨重的画板出现在我的视线里，然后不知道被谁碰松了夹画的夹子，那一大沓画就哗啦啦地往下掉，撒了一地。我本来是不愿管的，然而，那一张飘落在脚边的画却触动了我的心：父亲正满脸笑容地把手中的婴儿递给一脸温柔慈祥的母亲。

我迅速蹲下身去把画捡了起来。果然，全部都是那样的内容，而且画上无一例外地写上了"祝爸爸妈妈结婚20周年纪念日快乐"。我握着那些画的手突然很痛很痛，于是，面无表情地把画递还给他，无视那个男孩脸上的笑容。

八

葛葛送我回家的时候，祁澜如什么也没有说，只是把我们领进了饭厅。那顿饭是祁澜如亲手做的，送入口的怪味暂且不说，单那诡异的卖相就已经令人生畏了。所以我和葛葛两个人迟迟不敢下筷子。

祁澜如一向自信满满的脸庞上浮起了一丝尴尬："今天王阿姨请假，没想到葛葛会来……我们还是叫外卖好了。"

我看着眼前这个女人，她的脸容依旧美丽，妆容依旧精致。从18岁的祁澜如到17岁的祁连雪，岁月并没有在她脸上留下太多的痕迹，可她眉心里却缠绕着满满的疲倦。

我胡乱夹了一筷子菜送入口，葛葛也随着我夹了一筷子。我胡乱吞下后便说："我吃了，不过还没饱，快叫外卖啦！"

九

我依旧在周日的时候骑着我那辆脚踏车绕过大半个城市去大塘公园，只是车头多了一篮子菜，车后多了一个祁澜如。

我们在葛葛家吃晚饭。葛葛爸爸依旧在客厅里看他的报纸，我和葛葛在阳台上"调戏"花花草草，祁澜如和葛葛妈妈在厨房里忙着。看上去画面的确非常温馨。

唯一的遗憾便是，祁澜如做菜至今还是很难吃。

麦芽糖战友

杨小样

一

夏日的早晨，我能嗅到空气中混合着泥土的气息，有美丽的花朵快要成熟时蝴蝶在周围舞动的生机，有风轻云淡中大把大把流淌着青春躁动的气息。

我突然想到物理老师说过的一个词语——热膨胀。

是的，我心里的喜欢越来越顽皮了。它像一个发酵中的面团，在小小而温暖的角落里一点点地膨胀。

16岁的成烟雨也有了一个关于男生的秘密。我把这个小小的秘密告诉了我的死党兼"老公"扬。我告诉她，他有清冽的身影，半月形大大的眼睛，深黑色的瞳仁和可爱的小虎牙。

扬盯了我几秒问："就那邻班的体育生——许哲？"

我带着小小的骄傲点点头，"嗯，他可是十项全能噢。"

她面无表情地说："你别太过了就行。"说完便拍拍裤子径直走向食堂。不远处，我看见帅帅的许哲拿着两盒午饭在阳光下对我微笑。中午的高温仿佛一下上升了好几度，灼热感迅速将我包围。

"成烟雨，成烟雨。"他的声音那么好听啊。

二

当，当。

我开门。"啊，原来是杨伯伯啊，欢迎欢迎！爸爸，杨伯伯来了。"

后面跟着的是杨扬，这丫头一进门就和我玩唇语，"老婆"。我瞪她一眼。她却像个男孩一样疙子兮兮地笑。

我爸和她爸一见面就开始了大人的那套寒暄，我和扬就晾在旁边。

两位老爸突然把话题转向了我们俩。我爸爸乐呵呵地说："这俩丫头片子交情好得很呐，就像当年的你和我一样，情同手足。"听到"手足"一词，我和扬便十分有默契地相视一笑。大概是因为我们都想到了以前有位同学说他"裸奔"，我和扬不明其意，那厮就十分悲愤地说："俗话说，朋友如手足，恋人如衣服。我有了许多双手足，但衣服一件都没有，这不是裸奔是什么？"当时扬就哈哈大笑，还特"豪迈"地说："看吧，本人就不用裸奔，成烟雨同学，是吧？"说完就把胳膊搭在我的肩上。那同学就做惊讶状地说："啊……原来，你们俩怎么……"我一把捂住他的嘴，然后就费尽口舌跟他解释当年我爸爸和她爸爸是战友时就给我俩在娘胎里指腹为婚的，结果生下来却都是女生，但是杨扬这死丫头就要死皮赖脸地叫我"老婆"，这一叫就是这么多年。后来听到那同学特舒坦地说了一声"原来是这样啊"我才放心。

我很喜欢这样可爱的扬。可是，扬，你现在不能像以前那样开玩笑地叫了哦。因为，因为你知道的，因为那个许哲。

三

仿佛一切都在情理之中。应了大部分同学的那一句话："像烟儿这样乖巧娇小的女孩就该配许哲那样的运动型男生。"

我会和许哲一起回家。他有时候会用自行车载我穿过长长的落花小道，有时候会慢慢地和我一起步行。我们会在路上吃小贩们卖的糖葫芦和小吃店的辣卤面。他还会讲他们体育队里面发生的一些好玩的事情。我会在他的左边轻柔踱步，轻声欢笑。一直就这么快乐地相伴。

课桌里的习题又很久没有动过了吧。我近来的成绩排名让老师很失望。

我也很失望。可是当许哲邀请我去看电影时，我就会灿烂着笑脸说，走吧！

四

期中考试后，已是秋天。

夜色中亮起了万家灯火，秋日槐树盛开了一朵朵洁白的小花。我们并排走在回家的槐林路。他靠近来一点点，胳膊碰到了我的胳膊。他微微地侧过脸看了我一下，然后突然一下子牵住了我的手。我猝不及防，心里就像有无数小鼓在乱敲。我的手就如一块琥珀般凝固在他的手里。直到突然地从后面传来一个熟悉的声音。

"嗨，前面的两位，你们好哇！"是扬。

扬朝我们中间冲过来，"一不小心"就把我和许哲的手给分开了。她装作十分热情地握着许哲的手说："啊，你就是许哲吧！久仰啊，那个……你看天也这么黑了，你先回吧，还好本人和她顺路，呵呵。天黑可不太安全……"

许哲也听出她话里的刺，"你把话给我讲清楚点儿。"

"啊，那个……说清楚了呀。就是，我们要回家了。不然……小红帽会很不安全！"扬特意把后一句说得很重。

我尴尬地瞟了一下许哲，然后用既愤怒又劝阻的眼神看着扬。

许哲对扬淡漠地说："同学，不要以为我不打女生。"

气氛不对，事态严重。我赶紧对许哲说："那个……我朋友说话就是这个样子，她找我可能是有重要的事，你就先回去吧。明天见。"

没等许哲回答，扬拉着我就走。走了一段，我挣开她的手生气地说："杨扬，你今天是存心来捣乱的是不是？"

"对，我就是！"她大声地说。

我有些愤怒地看着她。她也用同样的眼神看着我。空气死寂地凝固了几秒。

她淡淡地开口："烟儿，你以前说过，没有人有剥夺别人快乐的权利。

我也这样认为。当初你说你们开始互有好感的时候，我没有阻挡你们是不是？"她的眉头微微皱了一下，"我每次只对你重复那一句话，不要太过了就好。我真的希望你不要太过了，可是你听了吗？你看你，你现在的成绩已经快垫底了！"她的声音有些颤抖。

"说你疯了你还真疯了。你不要成绩不要高考了你！你怎么可以和许哲那混蛋一样玩，他体育生，他不学习不打紧，可你成烟雨不同！你得努力学习！"扬变得异常激动，一直都是她在说。我开不了口，我理亏。

"你这是在挥霍你的青春，短暂的快乐给不了你未来，他给不了你未来！成烟雨，你知不知道！成烟雨！"

你这是在挥霍你的青春！

短暂的快乐给不了你未来！

你这是在挥霍你的青春！

短暂的快乐给不了你未来！

你知不知道！

你知不知道！

我脑袋里就一直在响着这几句震耳欲聋的话。震耳欲聋的声音好像突然就叫醒了我。一瞬间闪过的全是那些布满鲜红色的大叉、分数很低的试卷……我鼻子一酸，失声大哭了起来……把得不到好成绩的失望和那段时间荒废课业的空虚全部用眼泪发泄了出来……

"我再也不这样下去了……再也不了，对不起……"

扬拍着我的背，连连说："好，好，好，乖烟儿……"

五

扬和她爸爸又来我家玩。两个老爸一见面又是那种"老战友想当年"的句式。我和扬几乎同时发出一句感叹："'老战友句式'又来了。"

两位老爸笑了，问："那你们是什么战友啊？"

我眼珠子聪明地转了一圈："'麦芽糖战友'啊！"

两位老战友和我的"麦芽糖战友"不解地看着我，我很得意地说："因为杨扬同学总爱一年四季像那粘牙的麦芽糖一样粘着本小姐，甩也甩不掉。"

"去去……小样儿的，你这模样，有麦芽糖粘就不错了！"

一阵鸡飞狗跳……随后打闹的我们被两位老战友赶到了我的房间里。

我们倒在柔软的床上聊天。

我捏捏扬那皮包骨的手问："扬啊，你为什么不在许哲送我回家的第一天就阻止而在一段时间以后再出现呢？"她想了想说："刚开始我没有祝福也没有阻挡你们。没有阻挡是因为我觉得要是不经历一下你可能会很遗憾；没有祝福是因为怕你以为这是一件很正确的事，怕你沦陷在早恋的泥潭里。啊呀，没想到你这丫头还真陷进去了。"

"所以你那天就忍不住了，就把原来爱学习的我给吼回来是不是？哎呀……我好感动啊……"我挽住她的手臂故作感激状地说："还是我的小扬扬最好了，我们班的那些同学就只知道抱着看好戏的心情。啊……扬啊，我好喜欢你哦……"

扬顿时就跳起来说："不要再说了，再说我就要长蛀牙啦！"

"啊？为什么？"

"因为，太甜了啦！"

我大笑着说："那就对了，我们是麦芽糖，甜到牙齿掉光光！"

暖色地带

辛湘允

2007年夏末。

所有的事情都像昨天发生的一样。高一，就这样悄无声息地结束了。时间的荧屏上"Game Over"闪着银色的光，永远不会再跳出"Play Again"了。

一

小彩是我的第一任同桌。开始的日子，我甚至有点不喜欢这个沉默的女孩。我问她："如果你对一个人很好，但他却对另一个人好，你会怎么样？"她笑了笑，很肯定地回答："我会继续对他好的。"我不知道这是不是我想要的答案，但那一次，我真的很满意。后来的一次晚餐，她替我先付了钱，我连续说了三个谢谢，她淡淡地笑了说："为了朋友，花多少钱都值得。"真的很感动，从来没人这样许诺过我。渐渐地，我们成了很好的朋友。小彩的声音很好听，像传说中的天籁，听她说话像在聆听一支圣洁温暖的歌。她知道我喜欢什么样的人，她知道我喜欢吃什么样的东西，她知道我心里不能说的秘密……她在犹豫中选择了文科班，我问她为什么，她神秘地笑了。我不知道她是不是也像我一样"死也要死在文科班"，但我更愿意想象成另一个浪漫的理由——"那样子，我们就还有机会同班啦！"

二

师傅是我们班的班长，也算是个比较特别的男生吧。因为我老是问他问题，所以就顺口叫他师傅。他长得很一般，鼻梁上架着个八百多度的眼镜，走起路来弓着背。有一次在路上遇见他背着个绿色的小书包，突然就想起了忍者神龟。他是我们班的一号，每次考试前我总有些同情地问他，这次有没有信心考第一名啊？他就很严肃地噼里啪啦说了一大串："我个人认为，这次考试我没花时间去背历史，所以……"结果，高一一年他仅仅拿过两次第一。不过在数学课上，他总有能力和数学老师进行一些我们常人不能理解的"对话"。当然，师傅也是很爱钻牛角尖的。比如，他会很不客气地抱怨他当老师的爸爸妈妈工资太少了，毫不掩饰地立志要做个"尖"（顶尖的）商，特别在我面前大批周杰伦……总之，师傅是个挺好的人，我甚至这样认为，我在高一的成绩之所以没像想象中的那么糟糕，全是依仗师傅的引导啊！

三

接着是小弟了。因为他比我们小一岁，而且长得还很可爱的。我跟他讲："你是我见过的第一个长着小虎牙的男生。"他很腼腆地笑了，又露出白白小小的虎牙，突然在那里贫嘴："什么小虎牙啦，牙齿不小心长歪了而已！"他有一个很可爱的特点，语文老师说他后鼻音总读不出来。也对，他总把"男孩儿"读成"狼孩儿"。不过，他说话很厚重，像一堵沉睡千年的城墙不小心被撼动了几下。小弟也很聪明，成绩很好，常常和师傅争第一。师傅总是恨恨地向我抱怨："看你小弟，这家伙平时历史都不背的，考试前一两个小时拿起来翻一翻，都能比我多上10分！"后来，他在极度矛盾中选择了文科班（因为他的文理科成绩都很好），我问他为什么，他又露出小虎牙，"呵呵，文科班可以睡觉啊……"

四

包子也是很重要的一个家伙。也许她才算是我真正的死党吧！我和她并不是一开始就认识的，而是因为我们后来成了同桌。除了时间之外还有另一种很厉害的东西，可以让陌生的人彼此熟悉，那就是——空间。包子是我给她起的外号。我们体检完之后，她总是特别沮丧地抓着我说："喂，你帮我去问问肥肠她有多少斤，好不好？"我说："你想要干什么啊？"她咬着我的耳朵说："我又胖了，我一直觉得肥肠会比我胖，但现在不知道还是不是了，要是没有的话，我不就是我们班最胖的了吗？"我哭笑不得。包子是个蛮开朗的女孩，虽然她的爸爸妈妈在外地，虽然她的成绩一直不是很好，但她一直在我的面前很没心肝地说些冷笑话。有一次，我不小心看到了她放在桌上的日记，她说："我好孤独，每天回家，都找不到家的方向……我好想哭，但是我知道我不可以哭，那样子就很没面子的。"从那以后，我终于知道另外一层深藏在包子心里的伤了。她开玩笑说："你信不信我10秒钟可以哭出来？"我突然点头了，因为想起她的那一页充斥着大段大段逆流成河的悲伤。她哈哈大笑："你真笨，滴眼药水啊！"

五

我的高一还因为另一个很特别的人而不那么平淡，我说不清那种感觉，但还是很高兴有这么记忆深刻的东西偷偷留在我心里。我们的数学科代表是灏齐，一个很聪明的男生。我从小学到现在，对数学学得很好的男生都有很莫名的感觉。灏齐很厉害，听说初中就得过全国数学竞赛的奖项。刚刚开学，我以为师傅是最厉害的了，可是阿黄告诉我："阿允，你知道吗？我们班那个灏齐，数学好厉害的。"我说："你嫉妒人家吧？"阿黄吐了口气，"人长得也不错……阿允，你觉得呢？"我没说话，静静地看着离我好远的灏齐，还有旁边的几个女生围着他问问题，心里突然涩涩的。有一次他上课迟到了，我的心就空空的，老师讲什么居然一个字也记不得了，直到他匆匆地赶到教室。我和他仅仅有过几次对话，从去年秋初到今年的夏末，但他说的每一句话我都记得，只是不知道，我说的他是不是记住了。灏齐坚定地选择了理科班，最后一次的对话，我问他："为什么不选文科？"他笑了笑，调皮地问我："那你呢？为什么不选理科呢？"然后我们都笑了。

最后一次待在高一的教室，风和往常一样嬉闹。离开的时候，我回头看了好几次，不知道灏齐他会不会不舍得，像我一样。2006年的秋天来得那么无声，2007年的夏末去得那么无息。灏齐，再见。我在心里默念。就这样，将一段并不童话的童话埋葬。也许有一天，我会把它挖出来，慢慢地回忆。但我知道，那会是在很久很久以后……

六

《深情密码》里面有这样的一段台词：离开我们的人都会住在Lucky star上，然后高挂在天空，一闪一闪地对着你眨眼。能住在Lucky star里的人都是好人，他们的心和我们是彼此相连的。只要你和Lucky star的居民曾经相爱，彼此思念，他们就会永远住在那里。

我想把"离开我们的人"改成"不在我们身边的人"，然后让他们都住进我心里的Lucky star。每个有星星的晚上，我都可以望着天空，一闪一闪的，我指着他们，默默地念着"小彩"，"师傅"，"阿黄"，"包子"，"灏齐"……

高一结束了，高二的船已经靠岸了，我必须得上船，驶向下一个港湾。朋友们，祝福你们……

西南角那男生

流萤回雪

一

杜索年第一次见到他，是在初中毕业晚会上。那时台上被一片橘色光芒笼罩——很模糊，如同当时每个人正在躲避的离别思绪。他穿了一件格子衬衫，戴着一顶棒球帽，走上台时，有好些男孩子为他呐喊吹哨，俨然人缘很好的样子。他闭着眼睛抱着话筒唱着唱着，忽然就把头上的帽子抛了下去，被坐在杜索年身边的唐格格接住了。

他唱的是《同桌的你》，声调悠扬沉郁，唱得好多同学眼眶湿红。有好事者站起来喊着，让他的同桌走上台去现个身。众目睽睽之下，两个大男生红着脸走上台了，引起哄堂大笑。

"我的两个同桌都是男生，"他笑着伸出胳膊搭在两个同学肩上，"我叫马顿。"

杜索年对唐格格说："马顿，我还牛顿呢。"

二

天知道马顿是怎么知道杜索年的。总之高一开学第一天，还在老师做自我介绍的时候，坐在教室西南角的马顿就叠了个小纸条，传了大半个教室传到了坐在教室东北角的杜索年那里。

"东北角那女生，我是马顿，初中我们是一个学校的，多多关照！"杜索年冲着那张字迹潦草的纸条愣了一下，然后扭过头去隔着很多人望向遥远的马顿。马顿的同桌是一位梳着马尾辫的女生，把杜索年的视线彻底挡住了。她想起那首《同桌的你》，嘴角咧了咧。

那晚杜索年给唐格格打电话，告诉她马顿就在自己班上。唐格格哈哈笑，说吕杭居然也和她同班。吕杭是她们初中班上学习最烂的男生。

杜索年觉得世界太小了，能和莫名其妙的人反复遇到。

杜索年刚把电话挂掉，就又有电话来了。接了以后，一个男声道："亲爱的女生寝室，有一个神秘人为你们点播一首歌曲，请问是否愿意接受呢？"

她还没反应过来，话筒那边就开始清唱："我们的祖国是花园，花园的花朵真鲜艳……"

杜索年开始喷笑了，而那人居然坚持着把歌唱完，末了说："我是高一四班的马顿，我玩游戏玩输了……"

杜索年给宿舍里的人讲这件事，说校内电话肯定都是"5941"开头的，那帮男生没准随便打过好几个这样的电话了，真有的乐。随即脸冷下来说，他们怎么就那么闲呢，是不是因为老师留的作业太少了。

——也许，在我们年少的时候都会说出生硬而疏离的话来，可那并不是代表我们内心的坚硬顽固，而只是因为我们太年轻。

三

体育课自由活动的时候杜索年一个人溜回教室写数学题目。守着空荡荡的教室，忽而一阵风从窗外刮了进来，于是满教室堆在桌子上的课本书页哗啦啦一阵翻动。杜索年突然觉得寂寞了。站起来想把窗户稍微关上一点儿，又听到呼噜噜打鼾的声音。她忍俊不禁，径直走到那个距离自己座位最远的小角落："嘿，马顿，原来你一直没去上体育课。"

马顿皱了皱眉，把头从胳膊上抬起来，看着这个把自己吵醒的穿着泡泡裙的女生说："喏，还不是和你一样穿错东西了。"说着把脚下的凉鞋亮了出来。她一瞬间语塞，而他又说："看你不怎么和新同学交往呢，别那么内敛，总怀念初中的同学吧，过去的就过去了。"

杜索年坐到马顿前面的座位上，扭过头来把下巴放在马顿的桌子上说："哪有内敛，不过是说话有些直，给人一些冷漠的印象罢了。"

马顿拿起一根钢笔凿着桌子说："原来你就是初三五班的那个女生，你的个性在年级里面出名了的……不过我呢，有点儿像你。"

杜索年心想，像我就怪了，昨晚还不是你往女生宿舍打电话啊。然而还是使劲儿把这句话从嘴边憋了回去。

彼时又有风从窗外吹了进来，身边的空气激起一圈透明的漩涡，杜索年突然觉得很快乐。她从马顿前面站起来告诉他："喂，有没有兴趣和我放学后去喝奶茶？"

四

杜索年一直朋友不多，然而她知道，能和自己做朋友的绝对是能交心的朋友。她开始喜欢时不时趁着马顿前桌不在，就大老远跑到那个座位上，然后坐下来把下巴放到马顿的课桌上和他滔滔不绝地讲话。也不知怎的，就算自己挖苦他、讽刺他，马顿也不会像别人那样生气。

比如马顿的女同桌转学走了，杜索年说："好不容易有了个女同桌，这次又落空了，难过得想死吧。"马顿就伸出手来挠挠后脑勺，憋着嗓子唱一首走了调的《同桌的你》。

马顿的好人缘地位已经开始在这所新的学校稳固扎根。体育课的时候，杜索年和其他女生会一起坐在运动场的看台上，看下面许多打球的男孩子雀跃着打球——旁边会有人说，马顿进球的姿势最好看了。

装作无意识一样地低下头去，看到风在一瞬间鼓起他洁白的衬衫，恍然间又想起他那个样子古怪的棒球帽。

杜索年的内心是满足的。上课时，她知道目光无法穿越整个教室望到马顿，然而想到他正在和自己听同一堂课，思考黑板上的同一道问题——就算两个人大脑里游动的情绪有一点点相同的交集，这也足够美好。

她给唐格格发短信说，我的心情是旖旎的。

五

如果不是全班秋游，杜索年不会知道，原来搞笑活泼的马顿是那么细腻的男生。

那时大家在一起很开心地钓鱼，杜索年好不容易钓上来一条，然而非常小。马顿踱过来说："把它放了吧，它太小，还有享受生命的权利呢。"

她刚要把鱼取下来，马顿就立即阻止了她，"要用水把手浸湿，要么你干燥的手会破坏掉小鱼身体表面的黏液，那样就算你把它放回去，它也很容易死掉。"

杜索年发觉他的神情很认真，然后就被感动了。"所以你也不会钓鱼吗？""不会钓，不过还是超级喜欢吃鱼的。"他不好意思地笑了。

杜索年和马顿绕开了钓鱼的同学们，走到了一棵槐树下坐着歇着。10月的风轻轻吹来，有数不清的草木低语贴在了脚踝旁，很轻微。

然后杜索年喃喃着给马顿讲一个故事。

有一个旅行者，带着很多的东西去旅行。他太善良——"我能要你的背包吗，真好看"——"好的，给你。""我的女儿生病了，你能不能给我一些钱。"——"好的，都给你。""我是残疾人，我好羡慕你的双腿。"——"好的，给你。"

他几乎把自己的一切都给了别人，又来到一座森林，有个妖怪要他的好多东西，如果他把这些东西给了它，他就会只剩下一双眼睛。然而妖怪说："我也会给你个东西，是张小纸片。"他用最后一双眼睛感动地流下眼泪来："谢谢，谢谢，我总在不停地给别人礼物，还没有收到过别人的礼物呢，谢谢，谢谢。"其实那张纸片上只有两个字，"傻瓜"。然而旅行者还是好感动，直到他死去，他还在流着泪说谢谢。

马顿想了想说："他不可怜。"

"为什么？"杜索年问，这是《水果篮子》里面最经典的一个片段。

"他死的时候很幸福，而且他有过向别人奉献的开心经历，所以他不可怜。"

杜索年低下头，听马顿讲："所以你需要有向别人奉献的经历，哪怕他们多么不了解你；正如你允许小鱼有经历更长生命的权利，不管你多么想向别人炫耀你钓到了一条鱼……所以你不要再内敛，多和班上的同学说说话……"

"唐僧。"杜索年笑着说，然而心底还是有一块位置软软松动了。

六

东北角到西南角，还是太遥远的距离。杜索年想着，硬生生把自己一些细碎的思绪克制住。此时已经是高一下学期，老师强调着文理分班考试的重要性差不多等同于中考了。

她开始习惯在课间把下巴放在自己后桌的桌子上，也开始习惯发作业本的时候叫着同学的绰号，更对着一大堆同学录发愁——她终于有了其他的朋友。

她给唐格格发短信说，我想考和马顿一样的理科，然而我还是喜欢文科。

而马顿终于在某天通过整个教室传纸条传到了杜索年那里——加油考试，文一班和理一班的教室可是对门哦，那时我就坐门口的位置，我们的距离就近了！

杜索年在生物实验课的时候跑去和马顿合作。

"你最早是怎么认识我的？"

"那个……当初我好像有个帽子不小心扔到你那里，然后打听你一暑假……"

"想要回帽子才跟我交朋友吗？"

"那只是个契机啦。"

"帽子不在我这里。"

"啊？"

"骗你的，一开始帽子是掉在我最好的朋友那里。然后我找她讨来了。"

"为什么找她讨来啊？"

"因为我觉得这样我们的距离就更近了。"杜索年想到那张纸条，笑了。

第三部分

我是自由飞翔的花

在这个夏天开始真的成长，慢慢学会理解和包容，慢慢学会温暖和平和，学会使自己快乐向上。找到梦想与现实的结合点，慢慢变成自己理想中的姑娘。

张爱玲的话一直是那么消极黯淡，有着茫茫然的忧伤，可是她有一句话却一直让我觉得温暖悠扬。她说：我要你知道，在这个世界上总有一个人是等着你的，不管在什么时候，不管在什么地方，反正你知道总有这么个人。

——寂婧《我是自由飞翔的花》

我是自由飞翔的花

寂 婧

太阳终于骄傲地让你不敢在它面前抬头，知了又重新回到了树上。这个夏天有点特别，盛夏时节平均气温维持在25度，可是8月后的气温持续升高。我知道，这迟到的炎热终于来了，尽管日历上赫然写着立秋，可8月是属于我们的盛夏呵，是分别的日子，是相册里傻笑的姑娘们低吟浅唱的季节呀！

纪念册被我遗落

初中的毕业纪念册被我放在旧箱子的最底层，如果不是收拾东西是不会拿出来晒太阳的。那本沉睡的纪念册上写的话语不记得几句了，就记得刘兔子的那张画了两个大大的猴子，一个头上戴着花环一个手里拿着鲜花，一个旁边还写了句：多希望你来自云南元谋，我来自北京周口，让我们牵着彼此毛茸茸的手一起直立行走。耿小哲寄给我的歌词放在了我的笔记本中，上面她用自以为很漂亮的字写了范玮琪的《最初的梦想》，每次坚持不下去的时候就拿出来读一遍。刘师哥买纪念册时将拆下的第一页给了我，我选了淡淡的绿色的那款。可是现在也没还给他，放在书桌中间的那个抽屉里，压在了最下面。上面用指甲油贴上的小小的星星早已脱落了，当时觉得那种透明的指甲油涂在纸上很漂亮，干了的话还可以不留痕迹地弄下来，后来果真掉了下来，可是当年我做得很成功。

佳在毕业时给我的卡片放在我常看的一本杂志里，那天是在学校的最后一天，上面她自己贴了一张半透明的白羊座贴画。卡片上有一段简单的、傻傻的、但又很有哲理的话："有时候，无聊也是一种享受：不听歌，也不看漫画，只是躺着想想乱七八糟的事，然后睡着。"

不高兴的时候我在QQ心情上写：大家都离我远远的，不要理我。只有宁发消息说："老大，难道我也离你远远的吗？"当然不要，我希望我们能一直在一起的，那个像弟弟一样的男孩子，一直喊我"大哥"的男孩子，常常讲冷笑话的男孩子。

其实我不需要纪念册的，因为有你们一直在我身旁，那本被遗忘的纪念册变得毫无意义。我还是希望可以没事就和佳逛街，去图书馆，从这个小城的东边走到西边，之后再走回来，走得大汗淋漓；可以和刘兔子骑着单车压马路，说话说到嗓子冒烟，上课时被老师当成反面教材来举例，之后教育我们爱护嗓子要像爱护自己的生命一样；可以经常看到大家，这样我就觉得很充实很幸福，就不会觉得全世界都很喧嚣，可我自己只有一个人。

我们就像是一个唱诗班一样，拥有着最圣洁的生命，维护着一片广袤的麦田。

成　长

相册里傻笑的姑娘听说已端庄，端庄的姑娘开始认真地成长。一点点改掉那些坏坏的脾气，不要暴躁，不要难过，不要自闭，不要忧伤。在这个夏天开始真的成长，慢慢学会理解和包容，慢慢学会温暖和平和，学会使自己快乐向上。找到梦想与现实的结合点，慢慢变成自己理想中的姑娘。

有人说：或许有一件事让你觉得高兴，可那只是一时的爽快，而不是快乐。快乐是一种持续的心态，它不会因为外界事物的改变而改变。慢慢地向这种状态靠近，积累了拥有这样心态的智慧，变成一个真正快乐而自信的姑娘。

傻笑的姑娘已接受成长，并呈现朝气蓬勃的趋势，她希望可以继续改掉懒散的坏习惯，变得勤快；她还希望让自己更加充实，坚持该坚持的事情，把握好自己，让自己具备坚持下去的勇气，让自己顺着自己规定的那条道路前行，完成梦想。

成长其实是件快乐的事情，它让我们内心充实丰富，可以更加坦然从容。

张爱玲的话一直是那么消极黯淡，有着茫茫然的忧伤，可是她有一句话却一直让我觉得温暖悠扬，她说：我要你知道，在这个世界上总有一个人是等着你的，不管在什么时候，不管在什么地方，反正你知道总有这么个人。

那么所有的孩子都要记得，有一群孩子都会惦记着彼此，所以请不要觉得自己孤单，一个转身就会看到明媚的傻笑。我们在唱诗班低吟浅唱，让上帝聆听我们的冥想，它赋予了我们智慧和勇气，使我们在前行的路上不惧艰险。

你听，我们在低吟浅唱，唱我们自己的友谊、梦想和成长。我们的感动，温暖地缓缓流淌。

蔷薇与浮云

暖　夏

高一的那些光景就像溪中落花，真实地存在过，又一下子被冲走了那么远，模糊地盘踞在记忆里，仔细去想，那些花瓣的细节脉络又会突兀地跳了出来，就想起了那些人，那些事。

我蓦地一个转身，记忆里盛放蔷薇。

一

4号女生公寓楼6楼的停水状况已经搞得路人皆知，有一次和同学讨论问题时他突然来了句"听说你们宿舍楼那边老停水女生都要抓狂了"，我看着眼前繁复的几何图形，觉得他这个问题很应景，让我更加郁闷了。

高一军训那段日子公寓楼6楼还经常能放水，虽然那时仍不能从"二十几个宿舍共用5个水龙头"的沉重打击中振奋起来，但"只是偶尔停水这种几乎可以省略的小概率事件"对现在的我们来说已经仿若天赐了。

我已经记不清到底是从几月几号开始，6楼的水龙头就像秋天里的落叶乔木一样关闭身心，一心一意等那个永远也不可能到来的春天，打死也不放水。

6楼可怜的女生们，由初期温婉地端着盆子等水到后期狂野地站在走廊里叉腰抓狂大吼着"来水啊，来水啊！！！"都无法感化那沉睡的水龙头，它秉承着人不走光不放水的原则，残忍地看着那些蓬头垢面的女生抑或流着泪抑或愤怒着离开6楼。

最初停水那几天超市里的水桶卖到脱销，女生们扛着桶上楼的景象蔚为壮观，清晨中午都会听见女生楼上楼下抬水"嗨哟嗨哟"的号子声。

几天后水管变本加厉地停水，几天听不见水声，拖把上的水早已蒸发殆尽，辛勤的女生还会跑上几百米到教学楼去汲水，每次看到地理课本上开源节流那一节，女生们都十分有感触的、很有流眼泪的冲动。

二

一楼，窗外有小花园，夏夜。所有元素综合在一起，就会得出一个结论：教室里会有很多小飞虫。

大部分女孩子永远和飞翔的小昆虫天生相克，她们宁愿消耗卡路里去放声尖叫也不愿伸出手指弹掉桌上横空飞来的硬壳小昆虫。

我就是其中之一，但稍微不同的是，我也懒得去消耗卡路里，于是一人一虫大眼瞪小眼，在昆虫失去耐心振翅准备飞扑到我脸上的前一刻，我都会勇敢而矫健地抬起手——拍我那更勇敢的同桌让她来轻轻一指弹飞那带壳的玩意儿。然后面带畏色的一抱拳道："大姐，难道这就是江湖上失传已久的一指禅？！"

停笔喝水的工夫，一条长长的外表褐色貌似带有很多触角和脚的节肢动物（但更像软体动物）飞快爬过，走廊旁的女生纷纷低头行注目礼。我远远地斜睨着，心想，只要不突然飞起来就好。天知道现在有多少女生正在和我心灵共鸣。

060

那些我永远也不会叫上名字的昆虫时常在夜幕降临的时候横行在教室里，忙着走对角线的道路逛街或者搬家，有时还会突然从墙角的扫帚堆里冒出一声辽远的蛐蛐鸣叫声，而且这些家伙生物钟奇准，到点报时，和那群无聊的掐着表倒计时下课时间的后围同胞们一样。

小睡抓到一只冒失闯进教室的蝴蝶，装在透明的袋子里，特意贴心地插了很多孔来透气。蝴蝶是咖啡色的，花纹细致而漂亮，安静时就像精心制作的标本一样好看。

三

每次被通知"研究性学习"都宛若五雷轰顶。

天知道上高一之后为什么开这么多华而不实的科目，初中时提起高一，那都是炼狱的代名词，阴暗而晦涩，哪知人的命运就是些不可言喻的东西。我偏偏遇上了素质教育，炼狱是没去成，日子倒是过得比初中还滋润，研习心理校本艺术乱七八糟的课开了一大堆。

关于研究性学习这门课，首先，它每周两节，其次，它还恰好是黄金时间周一下午前两节课，实在是占尽天时地利。至于人和嘛，这位研习老师是很奇妙的。传言他第一职业是楼上某班的物理老师，顺便兼任个研习老师，工作加量工资不加。传言只要上他一节物理课，就会被他迷得爱上物理，心甘情愿当他的崇拜者，拜倒在他富有魅力的课堂讲解之下……只是我对研习老师唯一的印象就是他真的很能睡。每次下午他赶来上课，头发都无比凌乱，无论我偶然碰见他多少次，一年四季，一天晨晚，他都是将睡欲睡的状态，带着蒙眬的意象，夸张得连周身空气里也被渲染得氤氲，放眼望去，极像电影里蒙眬的特效。

关于研习这门课，迄今为止我们已经做过两次调查，为了4个学分。以宿舍为单位，走读的自成派别，我们宿舍第一次做了有关书籍的，第二次是人生观，其中的艰辛困苦只有自己知道，那些横七竖八突然冒出来的笑话也只有自己能体会。不过最后要填写的那个厚厚的研习报告手册，实在是太雷人了。所有人对它的态度都像有个比东施还要丑陋一万倍的老太婆在人群里抛绣球，大家都躲得比第一宇宙速度还快。可怜如我的组长们，也只能对着苍天饮泣勇接"绣球"了。

那手册本是无辜的，却因是愁煞一群大好青年的产物而成了众矢之的，例如我们组那研习手册，连垃圾箱都待过，如今还能完好地呈现在我面前，不得不为它起个贴切生动的名字——小强。

四

好不容易盼来周末。

小休的周末要留校，两天都是自习。想回家写假条，我们班主任崇尚"无为而治"，对着假条持笔一个潇洒的签字，气定神闲，完全是当在练字。别的班就没那么容易了，班主任们坚持"学生就是人生对手"的信条，与学生对抗到底，不过毕竟是出于好意，下面这事还真让人哭笑不得。

这位同学还真是不容易，绞尽脑汁想出一条来：去医院看牙。却还是让班主任给围追堵截了上来，只见老师极爽快地甩出100元粉红的人民币说："到学校医务室看就行了。"让该同学欲哭无泪。

小休管得稍宽松一点儿，就有些睡虫坚信"早起的虫儿被鸟吃"，睡到太阳晒得脸都暖烘烘了还是不肯起，要不是顾及食堂早点有时间限制供应，一觉睡到午休也说不定。

愿望总是好的，比如大家在星期五的晚上一定会指着电灯竖起两个手指头发誓明天一定要早起，而这个誓言的生命期仅存在于茶话会之前。当熄了灯茶话会准时开始后，誓言什么的就立马夭折。大家盘腿坐着对一周以来的见闻发表意见，再把校园八卦重新回锅一遍，顺便提一下今天来教室卖文具的大叔很有魄力。过了23点是自由活动时间，打手电看小说啃苹果……各行其是，实在熬不住再睡觉。

男生寝室在23点之后是午夜放歌时间，先是一个宿舍几个人哼哼，不解闷，遂开窗大吼。这种东西像病毒，在适合的环境里就会无限制繁殖，总之最后就演变成黄河大合唱了。如此一来，第二天清晨能早起，才会有鬼吧？

至于在白天，教室里的自习还是过得很快的，发个呆，聊个天，补个觉，对窗外路过的美少女吹个口哨，就这么过去了。

有时掐准时机发现班主任买菜或者坐公交出校门了之后，男生们还会偷偷地跑出去打球，有一次小黑在教室里扔球，抛物线弧度过大"啪"的把灯管给打掉了，下场那可是惨不忍睹。

自那以后，教室里的灯管就像中了魔咒，挨个罢工。一到晚上教室里就还剩三四个灯管顽强地坚守在岗位上，就像在诱惑着大家"来拿球砸我呀"。更可恶的是校工拒绝维修，因为每次报上去的坏灯管数目总是和来检查时的坏灯管数目不符，而且还和来检查的次数成正比，估计是想等最后一个灯管也去见上帝之后，来个集体大整修吧。

五

新一届的高一新生在外头军训，口号喊得震天响，蝉也没了动静。

教官那极富特色的"呀——二——咿"带着特有的豪迈冲破午后教室的昏沉。想到外面人汗如雨下，屋里电风扇大开，就忍不住偷笑，又赶忙状似严肃地喝口水，我可是学姐呀。

去年那个军训，酸甜苦辣都有了。男生们宁愿去受罚也不愿唱支歌，超级矜持的样子。那时我还是个脸皮很厚的孩子，每次一到自我表演时间就跑上去唱歌，不仅自我陶醉，还强迫他人陶醉，大家能忍我，真是辛苦了。

不知道到底是哪位伟大的革命家发明了站军姿一说，站军姿总要挑"最佳"时机，要在太阳最毒辣的时候，风最小的时候，蝉鸣最让人烦躁的时候。一般到这个时候太阳高度角已经很大了，影子都非常短，想有点儿阴凉都没门。前面的女生终于在教官对着她苍白的脸色研究了很久之后，义无反顾地倒了下去。托她的福，大家能在教官拖她去阴凉地的空隙里，活动活动筋骨，扭动一下业已僵硬的脖子。

我们班的教官有一绝，就是卧倒。别的教官都不如我们教官做得标准，他就像一根木棍，直直地倒下去，如果能像《三枪拍案惊奇》片尾时的人一样再直直地挺立起来，就更厉害了，可惜那违背万有引力定律。

记得有一天晚上开晚会，列队到宽敞的操场上，半路遇到几月不见的老友，彼时大家都穿了迷彩服，说话间都有点儿奇异的感觉。晚风悠凉，上面台子上灯光大放，花花绿绿地演些什么节目。一群人穿了便服在上面唱当时很红的《北京欢迎你》，严重走调。当时我都有冲动翻台子上去喧宾夺主。下面聊天聊得欢畅，那时我们从初中部直升上来的一群人在一起，飞扬跋扈。恃着自己是老生，就扬着眉角神色飞扬地讲冷笑话，没留神成了焦点。

期间隔壁班有个女生老是有意识没意识地瞅卷毛，眼神又诡异又迷离，我们背地里偷偷讲，笑得不怀好意、乐不可支。对于暗恋着的女生，我们总是抱着一种同情的心态来娱乐，她那瘦小的身躯在遥远昏暗的灯光照射下显得尤有悲剧色彩。

前排不知是谁摘了眼镜叹口气，说这一届女生没有好看的。旁边的女生嗤之以鼻。我看了看肥大的迷彩服，沉静地说："女生，要的是气质。"

那夜星空璀璨，一切记忆清晰而凉爽。

六

高一像浮云一样，轻飘飘地就掠过了天空。

记忆里的14个片段

沐雪看极光

1．刚分到一座的时候，我们几乎从不说话。直到有一天，我发现你正拿着我的自动笔在画图，我就想呀，嘿，你这人可真"大方"，用人家的笔也不打声招呼。不一会儿你画完了，我正等你还笔呢，却见你把笔往笔袋里一扔就要出去了。我急了，就说，你不给我笔啦？我还等着用呢！只见你一脸茫然地看着我，就好像我是个外星人似的。你说，什么笔？我的笔你想用的话拿就好了。当我怒气冲冲地拉开自己的笔袋时，很糗地发现在里面躺着一支一模一样的自动笔。

2．地理老师又讲那些我已背得滚瓜烂熟的内容，于是我偷偷地打开了英语书。正当我背得起劲时，突然你把你的地理书"啪"的一声盖在了我的英语书上，说，你看，这里是什么气候呀。我刚要责备你差点吓死我，忽然发现地理老师从我身边走过去了。你把书一抽，瞥了我一眼，说，不用谢了！

3．我有一个习惯，就是一星期换一套衣服。有一天你突然对我说，明天你该换衣服了，不是吗？说完还狡黠地一笑。你竟然能摸清我的习惯！

4．你物理电学那部分学得不好，我每次碰到同种类型的题都会抄下来给你做。虽然你不是一个认真的学生，但每次都会痛苦而认真地把这些题做好。就像个听话的小学生。

5．你说我笑起来最好看，我说我什么时候都不好看。你摇摇头，说，女孩不是因为漂亮而可爱，而是因为可爱而漂亮。后来教导主任在一次讲话中也说了同样一句话，你就得意忘形地朝我傻笑。

6．暑假的一天，你说你有事要对我说，让我出来一下。我说在电话里说不行吗。你说是很重要的事，一定要当面告诉我。于是在那条林荫大道上，你说你喜欢我。我窘迫得不知所措，急步跑掉了，却听你在后面喊，我是认真的，我会对我说的话负责！

7．L总是捉弄我。有一次我被他气哭了，不仅吼了他，还把他的书推了满地。放学后你叫住了L，说，你要是喜欢她就说出来，不要总是这样欺负她。结果你话音一落，周围一片寂静，本来不知道的人也明白了。我气得几天都没理你。

8．我在QQ上对你说，以后我叫你歪歪吧。你说哦。真是的，你怎么都不问我为什么，害得我连解释一下的机会都没有。你就这么听我的话吗？

9．你给我发信息说，开学后可能会分班。我说哦。你又发了一遍，还加了一个大叹号。我还是说哦。你好像有些失望，其实我知道，那意味着我们可能不会在同一班了。

10．我们真的不在一班了，不过还好你就在我隔壁，偶尔碰上我们会相视一笑。有一天我跟妈妈吵架了，我的眼皮都哭肿了。那天上完操我碰见了你但没理你，正要上楼，你却挤到我身边，轻轻握住了我的手，说，你怎么了。当时周围有好多人，你却那样旁若无人地握我的手！我当时真想把你从楼梯上推下去！不过，说实话，我心里还是蛮感动的。

11．我们一起在化学老师家辅导，当时正值三九严寒天气，但老师家却没有暖气。于是我边听课边不停地搓手。突然你就把手伸过来握了握我的手，还没等我反应过来，就听你在咕哝，不凉啊。

12．我们常常鼓励对方，你说我的话很有鼓动性，每次听完后都会充满动力。可是，每当考完一次试我都会去特意查看你的成绩，实践证明，我的鼓励总是不起什么实质作用。大考前夕，你送给我一张精美的书签，上面写着：祝你金榜题名。结果我就真的如你所言了。看来你的话很灵验哦。

13．有一次我们一起去逛魔术商店。店主很热情地向我介绍一款魔术笔。她说，写在身上就可以变颜色哦。说着就拉起我的手要写字。我不乐意，一旁的你就赶忙把手伸过来说，写在我手上吧。说完还偷偷地朝我眨了一下眼睛，又给我解围了。

14．分开那天，我们一起走了好长的路。当时你还尚不知情，兴致勃勃地说了一路。我就要到家了，我说就到这里吧，我有一封信要给你。就在这时，我头顶的一根电线被一个维修人员不小心弄了下来，你就在那一瞬间冲过来，用胳膊给我挡住了。幸亏电线没电，可是，你就没想想你可能会因此触电吗？难道危险来临时保护我已成为你的本能了吗？看着已在你手上的信，我转身离开，潸然泪下……

我们是两个相离的圆，各自按着各自的轨道行进，不可能会有交点，但这些片段我一直都记得，并且会把它们永远珍藏在心底。很久很久以后，当我想起它们来，我可以告诉自己，在那段日子，有这样一个人，让我感到如此温暖……

对的时间遇上对的人，是一生幸福；
对的时间遇上错的人，是一场伤心；
错的时间遇上对的人，是一场荒唐；
错的时间遇上错的人，是一声叹息。

天使不是我

明 言

一

上帝是偏爱那些皮实的小孩吗？怕他们悲伤所以没有给他们制造眼泪，还是只是一时疏忽，忘记给他们制造？手凉的孩子有人疼，皮实的孩子没人疼。

何小晨偏偏就是个皮实的孩子，从小到大不知道眼泪为何物，就算被大人们骂，最多也只是扁着嘴难过一会儿，然后又嬉皮笑脸地活蹦乱跳。用洛南的话说：何小晨压根就没发育泪腺！

洛南和何小晨两家从小便是邻居，家长常常开玩笑说：5岁之前你们连洗澡都在一起……每当这时，一向神经大条的何小晨就会破天荒地变得面红耳赤，而洛南更是尴尬，因为他一直偷偷喜欢的人是隔壁班的夏雨涵。

二

夏雨涵是那种人见人爱的可爱型小淑女，一张小巧的娃娃脸，皮肤白皙，说话时会微微脸红，大大的眼睛笑起来微微眯着……她衣服很多，一年四季都穿可爱的淑女装，是那种相当小家碧玉的类型。

这些事是洛南告诉何小晨的。听到这些话后，何小晨翻了个白眼儿，然后狠狠地咬了一口冰淇淋，心中对洛南充满了无限鄙视地说："洛南你怎么这么没有品位啊，喜欢那种蜜罐子里泡大的千金大小姐，娇里娇气的，就算喜欢也应该喜欢我这样的啊，最起码好养活啊！"

洛南则还她一个白眼儿，外加一声拖得长长的，喊——

当天晚上，几乎从不照镜子的何小晨跑到洗手间里照镜子，发现自己没有夏雨涵白，没有夏雨涵会打扮，家境自然也没有夏雨涵那么好。就连名字都不如人家，何小晨，怎么听都没有夏雨涵好听。

三

不管上帝是否偏爱皮实的孩子，但上帝绝对不偏爱何小晨。

学校排练集体舞，何小晨和夏雨涵同时入选，还偏偏被划为一组，这件事着实让何小晨郁闷了一下。然而有失必有得，洛南会在每天放学之后留下来等何小晨和夏雨涵练习完再一起走，虽然不是为了何小晨。

像夏雨涵这样家境优越的女孩自然是天天都有轿车接送。每当看到夏雨涵优雅而乖巧地向何小晨和洛南挥手告别后，便坐上自家的轿车疾驰而去，何小晨便讽刺地对洛南说："看吧看吧，人家是天鹅，你这个癞蛤蟆是吃不到的。"

而洛南则一脸陶醉："她不是天鹅，是天使，而我要做那个天使的守护者。"洛南完全忽略了癞蛤蟆这个词语……何小晨一脸黑线，心里的某个地方不由得有些酸酸的。

抬眼打量着身旁的洛南，才发现仿佛昨天他还是那个鼻子冒泡的小破孩，然后一下子就长成了阳光大男孩，高高瘦瘦，干干净净。笑起来虽然没有郭敬明笔下的那种明媚的忧伤，但明媚是绝对够了。似乎……有做天使守护者的资格了呢……

四

"这个舞步好难啊，我不练啦！"夏雨涵在第五次练习错误后，终于耍起大小姐脾气，坐到舞蹈教室的地毯上不肯起来了。何小晨最看不惯的就是这种娇里娇气的女生，她斜了夏雨涵一眼，没好气地说："大小姐，再练几遍吧，过几天就要演出了！"

"可是人家都练了5遍了，真的好难啊……"夏雨涵依旧娇声娇气。

一旁看着的洛南赶紧递过一瓶水——递给夏雨涵，并且说："是啊，休息一下吧，别累坏了啊，呵呵……"一副老好人的模样。或许洛南不说话，何小晨也不会这么生气，但是一看见洛南盯着夏雨涵笑得那样没心没肺，心里蓦地难受起来，下意识地说："夏大小姐，你以为你是谁，凭什么在这里耍你的大小姐脾气！"

话音一落，洛南和何小晨自己都呆了，而被骂的夏雨涵更是呆了，从小到大有谁这么凶过她啊。于是大大的眼睛眨了眨，眼泪就簌簌地落了下来。何小晨就这么呆呆地看着夏雨涵豆大的泪珠一颗接一颗地往下滚，水汪汪的眼睛以及楚楚可怜的眼神让一旁的洛南不知所措，慌乱不已。

接下来让何小晨意想不到的是，从来都是一张笑脸的洛南竟然发火了："何小晨你凭什么这么说话，你以为每个人都跟你一样没心没肺吗？"

五

后来呢？如果按照偶像剧的套路应该是何小晨伤心地流下眼泪，冲过来大声地告诉洛南，洛南你这个大笨蛋！我是多么喜欢你啊！然后理所当然地被拒绝，再然后何小晨被洛南伤透了心，所以干脆搬家转学，从此消失。

是啊，应该是这样，可是现实永远是现实，何小晨是个皮实的孩子啊，皮实的孩子是没有眼泪的。于是何小晨走过去，甚至还扯出一个有点儿难看的笑容说："夏雨涵对不起啊，我这人就这臭脾气，你别在意啊。"再然后很"识相"地告诉洛南她先走了，很体贴地闪出了他们二人的视线。

何小晨走得很潇洒，但是转过身，伪装的笑脸就再也挂不住了。皮实的孩子确实没有眼泪，但皮实的孩子还是会悲伤的。何小晨想，夏雨涵有什么好的啊，娇气又难伺候，可是她又那么漂亮那么可爱，像一个……天使……原来何小晨一直忽略了，洛南确实有守护天使的资格，但是天使并不是何小晨。

何小晨难过极了，蹲在地上大口地喘息，却怎么也没有眼泪。

六

再后来，确实有个人转学了，不过不是何小晨，而是夏雨涵。她的父亲为她联系了一所条件优越的贵族学校，已经办好了转学手续。就这样，洛南与夏雨涵的故事没有了下文，而何小晨与洛南也没有下文，所有人都慢慢长大，各自有了各自的幸福。

但是何小晨是不会忘记洛南的，只是何小晨会忘记自己曾经对他的喜欢。

皮实的孩子确实没有人疼，可皮实的孩子自己会疼自己。

西北角的秘密

水 凝

安雅喜欢宁宇。

嘘！这是一个秘密，是安雅一个人的秘密。

这要从上一个风轻云淡的秋天说起。初三上学期学校分了特尖班。安雅以年级第三的成绩，理所当然地进了这个班。宁宇出现的时候，造成了班里的一阵喧嚣——他是唯一开学第一天就迟到整整一节课的人。他没有像小说里的王子一样，穿着干净的白衬衫，也不是张扬的黑T恤，只是一件灰色的短袖和洗得泛白的牛仔裤。可是，安雅在转头看向门口的一刹那，心就没有来由地漏跳了一拍，然后，一颗名叫"喜欢"的种子悄悄地埋在了心底。老师心情很好，也就放过了他。于是，他就坐到了教室里唯一的空座，教室西北角的最后一桌。

第二天开学典礼的时候，安雅才知道原来宁宇就是那个突然冒出来的第一。要知道，在这天以前的年级前50的排名表上，是没有"宁宇"这个名字的。安雅那天问过宁宇为什么会进步那么快，只是声音被众人的喧哗给淹没了，宁宇没反应。尽管如此，安雅还是在日记本里小心翼翼地记下了这次问话，这是他们的第一次接触。

新的班级，新的朋友，安雅很快就适应了，顶着中考的压力，她依旧没心没肺地快乐着。不会像同桌小思一样，为了一次月考成绩而掉她的宝贝眼泪，也不会因为看小说而忧愁伤感好几天。她依旧会去学校门口喝一块钱一杯的草莓味珍珠奶茶，会和小思热烈地讨论电影，会在早读时大声地读自己喜欢的文章，做自己喜欢做的事，一切都是那么简单。

只是，在不经意间多了一些小动作。她开始喜欢追随老师讲课时走到组与组之间的身影，那个角度刚好可以看见宁宇；她开始习惯走后门，因为后门的旁边就是宁宇的座位；当朋友聊到宁宇时，她会不小心记下所有的内容；她开始苦练自己不常接触的数学难题，在确认自己不会了后，捧着试题去问宁宇。那颗喜欢的种子，就这样慢慢滋长。

宁宇是孤独的。安雅发现他总是一个人上学，一个人回家，一个人跑1000米，一个人扫教室。尽管每一件事他都完成得很漂亮，但结束的背影总让人觉得有些落寞。无疑，宁宇是优秀的，更是勤奋的。他会把笔记做得整整齐齐，没有遗漏；用漂亮的正楷完成老师布置的所有作业；再加上他聪明的脑袋，第一的地位就不可动摇了。安雅一直很努力地向他靠近，对朋友说，总有一天她会把他踢下来，彰显女生的志气。但只有她自己知道，这只是一个借口，一个让他关注她的借口。

安雅在扫教室那天，用自己的笔在宁宇座位旁的墙上，写下"快乐，加油"四个字。然后小跑着和小思一起去倒垃圾。

——宁宇，你知道吗？当妈妈和我说，她有个同事离婚后，孩子一直不肯原谅她，一直寄居在奶奶家，不肯回去。离开父母以后，孩子的成绩突然变得很好，常常拿第一。这时，我就知道那个孩子是你。父母离异并不是不可原谅的，只要放下心里的石头，就海阔天空了。就像我，爸爸不在，我和妈妈一样可以生活得很快乐。你不必用成绩来证明"没有你们我也可以活得很好"，那样只会使自己很累。无论如何，我们都应该快乐地生活。

可是，安雅没有意识到，她的字有多么特别，而且宁宇不笨，所以……

嘘！这也是个秘密，不要让她知道。

073

第四部分

少年遇到恋爱天

　　有位诗人这样说：16岁的时候载着你走过长街的人，不一定是26岁陪你走进厨房的那个人。我的少年，我很想陪你走过长街，走过寂寞，陪你唱完那时年少的歌。

——季义锋《少年遇到恋爱天》

原谅我不是懒羊羊

蓓小单

宁小夏有些慵懒的声音在《别看我只是一只羊》的背景音乐中响起："喜欢《喜羊羊与灰太狼》，是因为喜欢那只叫懒羊羊的小懒羊。真的好羡慕它可以一直睡，一直懒下去，就算不小心被灰太狼捉去了，也总能安全脱险。多幸福的小孩啊……"

安泽一在一旁哭笑不得地听着这个学妹"宣传消极思想"，暗自庆幸校长贵人事多，没空关注这小小的广播站，否则他这站长恐怕就得去校长室"喝茶"了。

怎么会选这种女生当播音员呢？故事要从宁小夏参加播音员甄选的那一天说起。

甄选定在9月10日晚上7点，宁小夏同学硬是给记成了10月9日。甄选开始好一会儿，宁小夏才在死党的提醒下匆匆赶往赛场，却荣幸地成为万众瞩目的、最后一个到场的人。

初试要求每个选手即兴对原广播站成员演说一分钟，内容不限。宁小夏怀着"壮士一去兮不复还"的悲壮感，走到安泽一和许秋千面前慷慨陈词："学长、学姐好，我是123号宁小夏。我希望广播站会有我的声音。"宁小夏清甜的嗓音一下子就俘虏了安泽一和许秋千的耳朵，正要继续听时，宁小夏微微俯身，低头致意后就转身离开了。

安泽一愣了一下才反应过来：这女生够拽，最后进场也就算了，还敢自信地只讲一句话。大大咧咧的许秋千差点就热泪盈眶了：多好的姑娘啊！声音漂亮，讲话简洁明了，一点都不做作，比刚才那些人强多了！

总之他们都认定了这宁小夏是个人才，宁小夏顺利地通过了初试，复试和决选也表现得游刃有余，轻轻松松地就当上了播音员。只是很快，安泽一等人就清醒地认识到：竞选播音员时宁小夏那石破天惊的一番话，完全是她懒得组织语言、死马当作活马医的结果！

　　不用上帝作证，地球人都知道宁小夏是个懒姑娘——生病了不看医生不吃药，因为从挂号看病到按时吃药无一不是麻烦；到了饭点不吃饭，因为食堂人太多，排队太累；发质很好，却是短发，因为打理长发会耽误她休息；考上这所全市最好的学校，是因为这所全封闭式的学校离她家最近，她不喜欢在家和学校之间奔波，也不想在难得放假时花太多时间在路上；对每个人微笑，因为生气发火浪费体力，钩心斗角浪费脑力；当学校的播音员，因为这样可以经常看到自己喜欢的安泽一，而不用像小说的女主角一样，处心积虑地制造各种"偶遇"。当然这最后一点，是宁小夏不曾对人言说的秘密。她只是说：加入广播站，就可以随心所欲地放自己喜欢的歌啦。

　　年少时的喜欢都是不可理喻的吧。只是在某个云淡风轻的午后，听了安泽一云淡风轻的播音的宁小夏，心底睡莲般沉寂的爱怜便一朵朵苏醒开来。一发不可收拾。懒惰如宁小夏，喜欢一个人的方式都懒懒的，只是把他藏在心里静静地喜欢着。为他加入广播站，已经是宁小夏自认为最出格的事了。

　　甄选那天，宁小夏第一眼看到安泽一便知道他是那个清爽声音的主人。如同宁小夏千百次的幻想一样：安泽一是个俊秀而不耀眼的男生，是个优秀而亲切的男生，是个能把优雅的白衬衫穿出阳光味道来的男生。宁小夏说那句话是有置之死地而后生的意味的，她怕自己初试就被淘汰，那么这种特殊的方式，至少能让他对她的印象持久一点点吧。

　　"其实，有时候我想，懒羊羊一直幸运，是因为它除了幸运一无所有吧。没有喜羊羊的智慧，没有沸羊羊的体魄，没有美羊羊的容貌，没有暖羊羊的体贴……"宁小夏关掉话筒的时候，听到许秋千在广播室没心没肺地喊："阿泽，走啦！还要去参加元旦会演的彩排呢！"安泽一原来想揉乱宁小夏头发的手，最终还是落到了她肩上："那，小夏，这里就交给你喽。待会儿关好电源和门窗早点回去哦。"

　　宁小夏的目光追寻着安泽一的背影，直到那个黑点消失在自己的视野中——我亲爱的泽一，你是不是也有那么一点点喜欢我呢？你一定不知道你在我心里是多么美好的存在呀！可是原谅我不是聪明的喜羊羊，也不是漂亮的美羊羊，我只是懒惰而自私的懒羊羊。我无法把自己变成足与你匹配的样子，因为那就再也不是我了啊。那就允许我，在你的公主出现前，默默守护你吧。

安泽一那天太匆忙，没注意宁小夏放的最后一首歌是《一直很安静》。

就像宁小夏一直不知道，安泽一因为许秋千的打断，而没来得及说的话是：懒羊羊不是一无所有，它有人喜欢，喜欢的就是它的平凡和真实。

酴醾年华

安　卡

一

2008年的9月份，我上高一了。

我在3班，徐小浅在5班，张朵在4班。因为初中便是同学的缘故，所以3个人即便是上了高中仍旧粘在一起，每天中午放学，人手一根烤肠，在放学的路上招摇过市看帅哥。

像所有学生一样，刚进入新学期的我也信誓旦旦地要好好学习，然后奋发图强考上一本，可我的努力只限刚开学的那个星期。开学第二周我开始迟到，后来又不知是搭错了哪根神经，上课总是看小说。一次，物理老师刺耳的声调打碎了我的美梦："于安同学，这题怎么解答？"我扭扭捏捏站起身，推推同桌示意她给我答案。没想到这位比我更绝，揉揉蒙眬的双眼："啊？吃蛋挞？"绝望之时身后传来一张纸条，上面龙飞凤舞的字体透露出作者急切的心情。我得意扬扬地在老师爆发的前一秒念出正确答案，然后冲身后的蓝轩挤挤眼睛。

蓝轩也是我的初中同学，和徐小浅、张朵都认识。他可是个好学生，从不迟到，上课认真听讲，课后认真完成作业，老师说一他从不想二……如此听话的孩子，居然也是我的朋友。

下午放学骑车回家，看见蓝轩在前面，我蹬到他身边问："你也走这条路回家？"

"是啊。"

"那每天下午放学我们一起走吧。"

我顺理成章说出的一句话让蓝轩白皙的脸顿时通红，但他依然点点头说："嗯。"

二

成绩全班倒数12名！班主任按考试名次排座位，成绩差的同学靠墙坐，我不幸沦为这蛮荒地区的一员。好学生是不屑和差学生有交集的。看他们蔑视的眼光，我咬牙切齿，决心要好好读书，压压他们的威风！于是我没日没夜地看书，不懂就向别人请教。正当成绩有一点儿起色的时候，徐小浅告诉我，张朵生我的气了。

我这才记起昨天张朵苦着脸说于安你下课从不来找我！我打电话给她，连忙解释："张朵，对不起，这段时间忙着看书没有去找……""是于安啊，"她轻咳一声，"其实也没什么……""那就好，你不生我的气了？"我欣喜地说。

电话那端小小的沉默过后，又响起了她平静的语调："没什么，就是不想和你玩了。"就是不想……和你玩了……玩？脑子里所有的东西因为她的一句话刹那间无影无踪，和我共喝一杯水共唱一首歌的死党说我们的友谊只是玩！我木讷地握着听筒，觉得再多的解释也是多余了，只能有气无力地轻笑一声："呵，这样啊，那就算了。"

12月份的天气已经是很冷了，我的心也因为张朵的离开冷了好多。中午放学时路过学校的车库，很意外地见到蓝轩支着车站在车库门口。"你怎么还不回家？"我问。"哦，"他笑了笑，抓抓脑袋，"我等人。"我点点头："那我们走了。Bye——"他的嘴边依旧挂着浅浅的笑："Bye——"

暖暖的笑容反而让我感觉莫名地愧疚，走了一段路，我问徐小浅："蓝轩会不会是等我？"徐小浅坏坏地笑着："我也是这么想的。"

一阵风刮过，卷起地上的几片落叶，我缩了缩脖子。

三

在写了N份检讨后，班主任终于郑重警告我，要是再迟到就在档案上记过。我还是没当成好学生，既然不是好学生，那么就坏个彻底吧。我开始逃课，理由很简单，你在上课的时候进教室会被老师批评，那还不如等几十分钟，等下了课没有老师的时候再溜进班级。早上迟到的话我便在校门口的面馆吃一碗猪血面，吃完面再在校外溜达两圈，最后算准了时间翻墙进学校。一切就是这么顺利。如果这还不够资格当一名坏学生的话，那加上"不写作业""和老师抬杠"两条，怎么也能毁了一个学生在老师心目中的形象吧。

可你要成为一个坏学生是要付出代价的——我的成绩成了全班50名。简单说，就是倒数第四。

四

后来我上课唯一能做的事情便是睡觉，老师也不会再叫醒我了。不知道又昏睡了多久。醒来时身边只有蓝轩一个人撑着脑袋看我。我推推他，嗓音因为刚睡醒的缘故带点儿沙哑："我知道我难看，你也不至于这样观察吧！"他轻轻地笑，温和地摸摸我的脑袋："回家吧。"

用蓝轩的话说是因为没见过奇丑无比的女孩睡觉，想多观察一会儿，所以没叫醒我。真是的！我给他一拳。我知道自己丑，但也不至于奇丑无比吧！善良的蓝轩没记我的一拳之仇，而是脱下外套披在我身上说："就算是奇丑无比，刚睡醒的时候也是容易感冒的。"

五

有一阵子蓝轩突然不理我了。仿佛我和他从来就不认识。我不能把这件事归咎于"天气改变人的心情"。一个星期，艳阳高照刮风下雨都经历了，蓝轩依旧对我不冷不热，全然没有了以前的贴心。

六

2009年9月，我上高二。

晚上回家把成绩单给父母看。妈妈忍不住笑出声："上次物理考8分，这次9分。不错不错，下回能突破个位数了。"

我咧着嘴想笑。眼泪却猝不及防地落下。从第一次没考上80分，妈妈拿着扫把追我打到现在笑着接受我的个位分数，才不过两年的时间。她虽然笑着，但心里定是无奈难受的。我忽然发现——我不过是在自欺欺人地逃避现实的打击罢了。

残忍的答案往往是真实的，我接受了这个答案，至少困惑了一年的问题得以解决。第二天我告诉徐小浅，我要去读初三。因为高中实在是混不下去了，我要重新打好基础，再来高中拼搏。

连降两级是需要勇气的，然而面对我那比迷茫更加混沌的未来需要更大的勇气。我终于选择了逃避，以一种隐忍却积极的方式，重新生活。父母对我的决定很欣慰，这条路很早以前他们就和我商量过了，但我一直不肯答应。而现在我终于能认清自己了。班主任说，这样对于安也是好的。虽然他面无表情，但我用脚指头想也知道，对我深恶痛绝的班主任在以我看不到的方式雀跃！徐小浅则没表什么态。知我者莫过徐小浅，她知道我在干什么。

这一天我没有逃课，即便是听不懂老师高谈阔论我还是端正地坐在位子上，以此祭奠我荒芜的高二。

课间时蓝轩的目光射到我身上。我转过身，不想理会。这样会不会太绝情了？我问自己，怎么样也得告别一声。脑子里一个声音怂恿我走向蓝轩，正犹豫着，上课铃响了。

七

晚上回到家，妈妈说："刚才有个男生打电话给你，问他是谁只说是你的同学……"心里咯噔一下，难道是蓝轩？再联想到他今天欲言又止的眼神……我查看通话记录，果真是他！

我咬了咬嘴唇，心里泛起一片苦涩，可同时又希望电话铃声再次响起。老天终于让我成了一回幸运儿——铃声果然响起。看准了号码，抓过听筒：

"喂。"

"喂……你要转学了吗？"像是多年不见的好友，很久没见面却依然用彼此熟悉的语气。

"嗯。我去读初三，高中实在是混不下去了。"

"那你在那边好好学习。"

"哦。"

接下来便是沉默。他的呼吸渐渐加快，终于说："对不起。"

"啊？"

"其实那段时间是因为家里出了些事，心情不好。"他轻轻地咳了一声，继续说，"后来想找你的时候又怕你已经讨厌我了。就这样一直耽误了……对不起。"

"这样啊……也不用说对不起，反正我没怪你。"

挂电话时我看了看通话时间。15分钟的通话，大段大段的沉默，即使我小心翼翼将它们铺开，还是有大片的空白刺得我眼睛生疼。

原来我们，还有那么多空白。

八

2010年1月，我背着书包迈进初三的教室。

看着一张张嬉戏笑闹的陌生面孔，我突然想到自己曾经也这样无忧无虑地荒废比金子还贵的光阴。

徐小浅告诉我，在我转学之后张朵打电话问我转去了哪所学校；蓝轩在每次听到"于安"这个名字时都会怔一怔……

站在教室外的走廊上向远处望去，一个男生和一个女生走在一起，女生不小心绊了一跤，男生连忙扶住她，嘴巴一张一合满脸的关心。我深深吸了一口二氧化碳含量明显过高的空气，眼前浮现出这样的场景——

女生和男生并排走在一起，一辆摩托车飞速从女生身边擦过，男生眼疾手快把女生拉向自己。于是女生不知所措地被男生抱了一下，女生反应过来立即跳开了那个自己偷偷幻想了很久的怀抱。女生是个纯粹且忠实的白日梦者，可白日梦成真时自己却没了幻想中的那份镇定。

吸入身体中的气体很快被呼出体外，看不见但却可以感觉到，就像蓝轩给我的那个短暂却安心的拥抱、就像我在转学之前写给张朵却最终被自己烧毁的信。

九

我那不堪回首的高中生涯被画上一个潦草的句号。我说过，于安现在面对的是新一页的人生。那么曾经那页尚未完成的故事，打上省略号吧……

结局被谁搁浅？是被那些感动过却已遗忘了的想念吗？如今放在眼前，或许我能发现，有些爱过很久才会浮现。

锦年之涩

杨小样

一

2005年的冬天，钟想想迷上味千馆的辣子面。好不容易熬到放学，本想收拾好东西抢在所有人前面飞奔出教室，晚了卖完可就吃不到了。可是就在这个时候班主任却咳嗽一声走进教室。钟想想已经离开座位的屁股就硬生生地坐了回去。班主任开始讲学校下达的新通知，她在心里碎碎念啊念，我的宝贝辣子面啊辣子面。班主任终于下令：放学。钟想想不太清楚班主任刚才具体说了什么，好像是关于什么公开课的吧。她完全以体育委员的姿态抓起书包就冲出教室，"噔噔噔"的声音在楼道里面显得特别有节奏感。

楼道里还有另一个人的脚步声，有人在她后面喊："钟想想。"她很愤怒地回头，看看是谁要影响她的速度。原来是班长谢嘉南，他其实是个不错的男生，好像什么都好，包括成绩、人缘、性格和长相。可是自从他的那个和钟想想有关的秘密被人捅破以后，隔壁班又有不少的所谓他的"南瓜"们跑来瞧她，然后那些女生就用一致的口吻对她评价一句——那个钟想想也不怎么样啊，除了身高以外。她恨死别人对她评头论足了。所以，她也恨死了谢嘉南，讨厌他对自己好。

"钟想想，你是要回家吗？"谢嘉南问她，口气里是讨好。"和你有关系吗，请问？"她的语气就和天气一样冷。"那个，我是想说，我可以送你回家啊……今天很冷的。"他说话的样子很诚恳，就连眼神也一样。"你送我天就会变得不冷了吗？"末了还摆个臭表情，谢嘉南实在不是她喜欢的那根骨头。

他一时语塞。他只是想制造一个和她一起走的机会而已啊。她看着他那诚恳的样子又觉得很内疚，他又有什么错呢。她拉拉他的衣角："喂，你其实不用送我的。你也知道天这么冷，况且你家离得远，所以……你还是自己先回去吧。"他笑着轻轻点头，露出一排洁白的牙齿。她赶紧又补充道："喂，你别误会啊，我只是不想让自己有罪恶感而已。"说完就开始飞奔。

辣子面啊辣子面。大家请忽略某人从嘴角流下的涎水。

当她风风火火赶到味千馆时，味千馆大厅里的人都快坐满了。餐桌是连在一起的，人与人挨得很近，坐在她左边的是一个脸孔风尘仆仆，眼睛却很漂亮的男生。他身着一套黑白的运动服，很是养眼。

一会儿，钟想想的辣子面来了，她开始满心欢喜地享受天下最最美味的拉面。哈，真是好辣啊！她边用手扇动辣红的嘴巴边听耳机里的那个嘻哈小子唱着热辣的歌。还是她旁边的那位够牛，辣归辣，可他还是那样淡定，不像钟同学那样有天下大乱般的大动静。

最后，一人碗面条总算是被消灭掉了。她朝桌子上看，嘿，怎么没有餐巾纸了呢。

坐她旁边的那位男生迅速埋进运动包里一顿乱找，翻出一包餐巾纸。从里面抽出一片抹抹自己的嘴巴，然后动作不轻也不重地递给钟想想一片，还朝她瞥了一眼说："不用谢了。"说完就大步流星地走了。

她带着那么一丁点不屑的目光目送。我又没有说要感谢你，她在心里嘀咕。他侧身走出门外时朝她的方向看了一眼。钟想想大致记住了男生的样子。浓浓的眉，清澈的眼，微微扬起下巴时，侧面有流线弧度，瘦弱，但很有力量的感觉，还有，两颗洁白的小虎牙。

钟想想的心里面莫名其妙地泛起一阵波澜，这时的耳机里的女声在唱，Just tell me，为什么，眼神有话要说。

眼神有话要说。

二

上午是新教师授课的公开课。

据说这堂课的老师是绿藤中学的新老师，先进。还据说，有些小帅。所以，班里的女生们都有不小的激动。谢嘉南问钟想想："你不会和她们一样吧？"她说："当然不会了。"末了还加一个嫌弃的表情。

在走进多媒体教室之前，老师有交代，班干部全坐前排。进了教室，大家都有点吓住了。因为教室的后边坐满了一些胸前挂着证件卡表情严肃的貌似评委的人们。

钟想想更惊讶。因为她竟然在这个教室的数控讲台前看见了他——那个昨天在味千馆给她纸巾的男生。他，竟然是一位语文老师。

她在第一排坐下，看见讲台前的他在悄悄做深呼吸。呵呵，他和我们又有什么区别呢。

同学们都落了座，就走在后面的谢嘉南没有座儿。老师把他领到钟想想那里，指着她旁边的空座说："这儿还有座位呢，你就坐这里。"

顿时后面的男生就假装咳嗽得厉害，一个个不怀好意。钟想想就转过去把他们瞪了几眼。

上课铃声响了，全场安静了下来。

上课。

起立。

"老师好。"鞠躬。抬头间她便发现他看见了自己，眼睛在她脸上多停留了一秒。当然这些并不能影响他上课。他微笑的脸和好听的声音帮他把那一秒闪过的回忆掩饰得很好。

同学们坐下，抬头看大屏幕。上面写着，课文：《给女儿的一封信》。

授课教师：苏阳。

噢，他的名字是苏阳。

班里的女生似乎更期待了，因为这篇课文是关于爱情的，那么他将怎样进行诠释呢。

他开始了绘声绘色的一段开场白："执子之手，与子偕老；死生契阔，与子相悦。纵使沧海桑田，花开花落，纵使肉体都已经深埋黄土，但生死相许的爱情却能穿越古今，能永世流传。爱情是人类体内最稳定的基因符码，正是因为有了它，我们才会不惧怕黑暗和孤独。"

整堂课上得很顺利。退场时就看见后面那些人在一个劲地点头称赞。她想回头看看那位亮晶晶的老师，只是退场时人太多，眼看他就在她的视线中不见了。

回到教室，钟想想感觉整个人都恍恍惚惚的。有女生说，世界上最最美好的词语是如果。对啊，它真是有种幻妙的美呢。如果，如果我能考上绿藤多好啊。她眼里流转着不一样的神采。然后，她说她溜冰场不能去了，也不能再打球了，小说也不能在桌兜里出现了，成绩也不能只是体育委员的水平了。反正，一切都一定要改变了。她说，一定。

在期中考试总结会上，老师很是赞扬她。她偷偷向老师咨询绿藤的情况，老师说："考绿藤的分数尽管有点儿高，但是老师还是很相信你的——就是这个分数了。"老师在纸上写下一个数字。虽然她认为这个数字很庞大，但是，她的眼里始终闪烁着坚定的光芒，相信老师也看到了。

有谁知道是什么样的力量在支撑着她，使她单薄的身体如此具有力量。

她自己知道。只有她自己知道，因为这是个秘密。

三

初三上学期的最后一堂作文课。老师说就让一些文笔较好的同学来宣读他们的美文吧。"好，第一位，钟想想同学，你来。"

"灰白的马路，凋零的梧桐，在苍白的冬里，都执着地盛满了青春。或许在这样如青春的小房子的天空下发生过一些在雾气氤氲里朦朦胧胧的故事。我们，十几岁的少年瘦弱而倔强的脸上总会带上些许戒备和仓皇，在人潮涌动的十字街头，用孤傲的脸庞应对一切陌生。我们，也静静地渴望一个绚丽盛开着鲜花的故事。故事里面的自己要纯真善良，要骄傲不羁，要为爱痴狂。我们要故事里的青春上演得声势浩大，要轰轰烈烈。"

念完的时候，教室很安静。大概同学们都在惊讶钟想想把"为爱痴狂"这样的词语都搬到课堂上来了。已经年过半百的语文老师说："年少的浪漫情怀是最纯洁美好的，爱，永远是你们成长的必修内容。好了，下一位同学……"

谢嘉南侧过脸看已经回座位的钟想想，隔着三条"河"给她扔纸条：你能告诉我，你故事里面的那个人是谁吗？同桌帮他递给她，她却看也不看一眼，同桌又碰了碰她的手肘，她才偏了头轻描淡写地回了几个字：反正不会是你。旁边的那个同学小声告诉她，好像他看了很难过呢。她只是闷闷地"嗯"了一声又继续看着黑板。

这节课后来一直很安静。

有谁知道谢嘉南手里的那张写着"你为什么一直这么对我"的纸条，被揉成团，又被展开，又被揉成一团。又有谁知道他的胸口闷闷的，像被那张写着几个沉重的字的纸条给堵在喉咙里，出不来，也进不去。

那种安静一直持续到放学。谢嘉南提起书包走向教室后门，在后面低吼了一句："拽什么拽！"接着就是门狠狠地撞击墙面的声音。这是许多人第一次看见一向性情温和的班长发怒。都是骄傲矜持的年纪，容不得一丝委屈。

初三的上学期过得很快，已经进行过期末考试了。老师要班长和几个班干部来整理分数，钟想想也来了。在办公室老师问谢嘉南想考哪所高中，是市一中还是绿藤。"一中。"声音大得有点刺耳。钟想想抬起头，正好撞见他看过来的目光。她很清楚，他是故意讲给她听的。

老师扶正了眼镜说："哦，钟想想是想考绿藤呢。"她看见了他的眉头拧在了一起，然后又很快就捻开了。他是不想让她看到他在难过。她低头整理数据。谢嘉南，我不会因为你的一句话就改变我的决心，你上你的一中，我考我的绿藤。

你是你，我是我。

但还是有什么东西在心里面轻轻搁浅了，她也分不清楚它的浑浊到底是什么颜色。

四

5月的时候，钟想想的黑眼圈已经可以与我们的国宝相媲美了，可是她不在意。

青春是枚暗雷，一旦引爆了就遍地开花。没有人知道是如何爆发的，也没有人知道她是怎样搞学习的。也许她房间里的那盏台灯知道，也许她床头的那个闹钟知道。

传说中的黑色6月终于来了。她没有想到自己在考场上这么淡定，在雪白的纸上写写画画很得心应手。所以，她上绿藤是绰绰有余的。她拿到录取通知书的时候，哭了。

而她并不知道，谢嘉南也哭了，他转到了另一座城市。

就这样咫尺天涯了。

如果"如果"是世界上最美好的词，那么世界上最讨厌的词就是——"但是"。

是的。她是绿藤的学生了。但是，他不在这里了啊。她问这里的学生："他为什么要调走呢？""他优秀呗。"

然后，她能做什么呢？

冬天，窗玻璃上浮着一片水雾，氤氲得让人看不真切窗外的景象。

然而她也感谢那位老师，让她有过为爱痴狂的年少，能体味年少中的酸涩，就长大了，就有了幸福。

这样就够了。

少年遇到恋爱天

季义锋

和你唱过的少年歌，一词一句的简单心情，都像是我们年少时不可触及的柔软时光，老去华年里的你，少女柳荫下的帆布裙，一起长大的拉手约定，都成了往日年华里的黯淡音符，唱过的年少歌谣你还记得？

你看，我就这么遇到你了

当艾成歌走在常德晴朗的天空下，她并不知道，也不了解，流年会怎样地开始和错过。在很久以后，她都会想起那个聒噪的午后，有一个白衣少年，单车飞扬，就那么美好地飞身而过。午后的阳光有些闷热，却又霍地明朗起来。那样一个眉目清朗的少年，那样一个白衣飞扬的少年，那样瓷肌莹白的少年，恍然间便撞上了眼睛。也许喜欢一个人只是一瞬间的事。

那少年望见了成歌，咧开嘴笑了笑，一个晃神就跌倒在尘土飞扬的马路上，少年拍了拍身上的土，向成歌挥了挥手。迎面就是十七中的大门，少年跳上车，别上了校牌，转身骑了过去。成歌轻轻地瞟了瞟少年的校牌，原来他叫王越鑫。

成歌呵呵地笑了，悠悠恰好急匆匆地走了过来。成歌挽起悠悠的手说："你这丫头在家怎么梳洗打扮的，晚了一个小时呢。走，报到去吧……对了，我今天看见了一个帅哥，和我们一个学校呢……"两个女生的笑声回荡在柳树的树荫里，久久没有散去……

成歌刮了刮悠悠的鼻子，有这么个从小到大的朋友多好！

走过了长长的走廊，七转八转地转到了高二·36班，成歌高中的时光，就这样开始了。成歌和悠悠坐到最后一排的座位上，那个有些胖的老师说得正高兴，成歌皱了皱眉头，和悠悠打了个手势便想偷偷买了奶茶到操场的栏杆上边去喝，顺便晃着小腿晒太阳。成歌刚刚想找个不起眼儿的机会行动，微笑的慈祥老师恰好开口说道："艾成歌同学，请你介绍一下自己吧……"

艾成歌硬着头皮站起来："我是艾成歌，请大家多多关照……"目光一扫，就看见了他。成歌从没想过遇见一个想遇见的人是如此简单的事情，现在，她的左前方，一个明朗的少年正在抱头大睡，当然，他就是王越鑫。

班主任的讲话冗长而无味，悠悠早在刚才就提前跑掉了。成歌慢慢地望着远方天空的投影，轻轻地抽出一本小说。等到快4点的时候，成歌才挪着步子蹭出来，悠悠那个欠扁的丫头正举着香草奶茶向她挥手，成歌气哼哼地捶了悠悠一拳，悠悠一个没拿稳，奶茶飞了出去，全都洒到一个白色身影上……成歌惊诧地看着王越鑫还在滴着奶茶汁的外衣，不知道该说什么好。

王越鑫无奈地抿了抿嘴："你是艾成歌吧，又看到你……""大概你一看见我就会倒霉，呵呵，中午摔得很疼吧？"王越鑫笑了笑，并没多说话，在成歌的第三次暗示之后，悠悠终于先走了。王越鑫和成歌的话题不多，一路上有一句没一句地聊，天空下起雨来，继而由小变大，王越鑫用手把衣服撑在两个人的头上，躲到北教学楼的屋檐下，成歌能感觉到少年手心里的汗，有点安定，有点小小的幸福，成歌笑了笑自己，多么老套的情景。

如果有一天，年华老去

日子一点一滴地翻过。成歌在午后的阳光开得正好的时候轻轻地望着王越鑫被阳光镀过的睫毛，咬着笔头继续在草纸上涂涂画画，画着画着就变成了一个名字，怎么也抹不去。

王越鑫是校队的主将，每天都会在操场上挥汗如雨。成歌路过操场的时候会偷偷地望着操场的方向，少年棱角分明的运动线条像镀了金一样，暖暖的阳光把成歌包裹进暖暖的风里，这样看着你，真好。

结束了学年大考，悠悠和成歌走出考场。"期中考试结束了，明天你有什么打算呢？"悠悠转过头，雀跃地建议去春明山。

悠悠和成歌在操场的栏杆上等王越鑫。悠悠和王越鑫两家住得挺近，已经很熟了。悠悠总说发成绩的时候，在王越鑫家门口能听见惨叫声，成歌笑得咯咯的，风吹乱了树边的落叶，秋天转眼就要来了。

正说着王越鑫捏着成绩单走了出来，轻轻地抿着嘴，皱着眉头。悠悠拽过成绩单说："枉我们的才女成歌给你补课了……"王越鑫白皙的脸红了红，仰头做了个好大的鬼脸，然后看着成歌笑了。清风扬起她的长发，扬起青春年华里的花开和花落，就好像那个明媚的午后，恍然如梦的少女明媚如歌的笑容绽放在有些明朗的天气里；就好像每个下午，成歌轻轻地垂着睫毛在解着一道道自己并不明了的试题然后微笑着递给自己；就好像现在，眉角轻凝的成歌嘴角若有似无的晴朗，有那么一个瞬间，王越鑫想就这么守着艾成歌，直到老去。年少时我们都做过这样的梦吧，年少时你的心里都住过这样的人吧，他们干净漂亮，温和谦卑，你总会扬起和他们共度一生的冲动，无关岁月，只是一种单纯的想念。

下午自习的时候，王越鑫想递张纸条给成歌，却总是揉了又写，写了又揉，到最后那张纸上只剩一句话：明天请早点儿到。

风吹起了昨夜的落叶，如同一个少年的心事，晦涩却又明了。

第二天成歌起了床就开始收拾东西，春明山在常德郊区，离这里有些远，恐怕要明天才能回来，成歌准备的东西有些多，拎起来总有些费力。到了车站，悠悠远远地向成歌挥起手来，成歌这才发现，除了悠悠、越鑫、越鑫的兄弟铭明、钦睿，还有一个人——司空莜凡。

我亲爱的小孩

司空莜凡穿着淡绿的公主裙，微微上卷的头发在轻舞的风中扬起又落下，很有些淑女的感觉。

成歌向她打了个招呼，悠悠看着司空的裙子笑得前仰后合地说："你们怎么带着个公主来爬山……"成歌笑，并不说话。莜凡的脸有些微微发红："那个……我只有裙子。"传说司空家是非常富有的，想是这位从小受着贵族教育的女孩大概也只有这种衣服。

"我家离车站比较近，车还有30分钟才到，和我回去换件衣服吧。"成歌拉着莜凡回到家里，挑了半天才挑到一条淑女一些的裤子递给莜凡。换了衣服，两人刚要往外走，莜凡忽然拉回了成歌，"我可以求你一件事吗？"成歌笑着等她继续说，"我……喜欢王越鑫……你可以帮我吗？"

成歌笑了笑："可是，我也很喜欢他呢！"揽住她的肩膀，成歌轻轻地说："让我们一起喜欢他，就这么默默喜欢下去，好吗？"

成歌在这一刻突然有些欣赏这个单纯的女孩，看着她微微涨红的脸，成歌觉得两人的距离一下子拉近了。喜欢其实很简单，也许你也和你的某个闺密说起过喜欢的男生，也许你也曾经这样。

再回去的时候车已经要开了，悠悠正和那个听说有些满族血统的钦睿聊得开心。成歌坐回窗边的座位，静静地看着窗外的云，一朵一朵的，都飘远了呢。隔壁坐的王越鑫打趣钦睿说："你姓叶赫那拉氏啊，那慈禧该不是你亲戚吧？"成歌"哧"地笑出来，那少年红了红脸，似乎并没有印象中满族人的粗犷和豪放，看来有些害羞呢。

一路上车走走停停，大家说说笑笑，下午终于到了春明山。天空有些寂寥，风淡淡地吹过来，成歌轻轻地摘掉了耳机。悠悠提议大家放风筝。王越鑫去买了风筝回来，悠悠和钦睿放起了一个大大的蝴蝶风筝，又抢了一个鸟形的风筝孩子一样地玩开了。成歌和莜凡就这么淡淡地看着，王越鑫放起了一个大大的三角，成歌的眼睛忍不住地追随着，笑了。眼前的少年就这样地明媚起来……就好像那一日有光的午后，他载着她穿过那条不长不短的街，似有似无的香气传来淡淡的幸福；就好像每一次他来找她解题，抿嘴时低低垂下的刘海似乎掩不起眼角眉间的笑意；就好像现在，这少年放着大大的风筝，上面写着：艾成歌，我可以喜欢你吗？

亲爱的小孩，我可以喜欢你吗？艾成歌这样问自己，她轻轻地对自己说：我想可以！

你唱的那首叫流年的歌

王越鑫正在望着成歌，成歌笑得浅浅的。

那一刻仿佛所有的风都停了，成歌怔怔地看着那个大大的三角风筝落下来，落在手边。成歌轻轻地捡起它，那上面静静地写着：艾成歌，我可以喜欢你吗？"成歌大声地向王越鑫站着的方向喊去："傻瓜……你的傻瓜号风筝我收下了。"王越鑫咧开嘴傻傻地笑，那一刻，仿佛花都开了，草都绿了，春明山上的云朵都聚拢过来，好像它们都在说，艾成歌，我很喜欢你呢！

所有的一切都静默了，夕阳的余晖暖暖地笼罩着，空气中氤氲着小小的幸福。

成歌看见远处的莜凡凑了过来，轻轻地把王越鑫叫住。莜凡的脸红极了，她靠在王越鑫的耳边轻轻地说了什么，王越鑫吓得"啊"了一声跳起来，把莜凡也吓得一下子跌坐在地上……成歌知道，这个勇敢的女孩对着我可爱的男孩说了一句成歌一直想说的话，成歌呵呵地笑了笑，看着王越鑫鼻子上落的柳絮，也许，我们会一直幸福下去吧！

在这个年纪，我们很容易遇见某一个少年，幻想他是自己的王子，哪怕牵不起他的手，也是美丽和幸福的。春明湖的水碧蓝碧蓝的，风轻轻地吹过来，乱了少年的发丝。感谢命运，在我最美丽的年纪里，遇见我的你。

有位诗人这样说：16岁的时候载你走过长街的人，不一定是26岁陪你走进厨房的那个人。我的少年，我很想陪你走过长街，走过寂寞，陪你唱完那时年少的歌。

成歌向王越鑫挥了挥手，奔了过去。

从春明山回来已是隔日上午，成歌疲惫至极，倒在床上就要睡去，猛地一翻日历，才惊觉明天是自己的生日，17岁即将来到。

第二天一早，成歌心里还装着昨日春明山之旅中莫名的幸福和收获，心中有些忐忑。今天是自己17岁的第一天，偷偷许个愿：我想在17岁的第一天，遇见我的小孩。成歌给王越鑫发了一条短信，然后伸了个长长的懒腰，准备开始这明朗的一天。

窗外，忽然有人大喊："我的成歌，生日快乐……"

成歌在阳台上轻轻地俯下身，看到地面上是一堆大大的蜡烛，那么幸福地排成"Happy birthday my Cheng Ge"。风起来了，阳光也霍地洒下来，那蜡烛图案摇摇曳曳的，王越鑫张着两手急急地护着图案，生怕它熄灭。

成歌就这么披头散发地奔下楼去，边跑边想，她要把王越鑫的烂分数好好地提上去，要不怎么和自己考同样的大学；她想把第一颗晨露嵌进少年的眼睛里；她想在今天第一束阳光落下来的时候和她的男孩说一句——我也喜欢你……

有些时候，青春的小故事，是不需要那么多后来的。

那个笨蛋就是我

辛湘允

一

我帮程程写好了情书，把它给你看："看——我写的——程程要追隔壁班的女生。如果你是那女生，会不会被打动？"

你笑了一下："嗯。"

有时候觉得我们是"死党"，可以讲好多秘密，让好多女生羡慕。但大部分的时间，我觉得我仅仅是围绕着你的众多小行星中的一颗。你那太阳般的光芒有意无意照到我，我就立刻充满了勇气，努力地让你看到我。你对我笑，对我好，我像笨蛋一样以同样的表情回复你，而你永远都不知道我的另一面—— 一直都是暗黑的，甚至存在着眼泪侵蚀的痕迹，疮痍满目。

"怎么样？"我坐在你的右边，想起苏打绿的《左边》。

"很不错啊，感觉……"你转过脸对我扬起嘴角。我好想拿块量角器，看看那么美的弧度是不是128度。

"感觉那个女生，会很像你。"我怔住了。

"喂，小允！你怎么红了耳朵啊？"程程突然出现。

"啊？"我条件反射地捂住了耳朵，赶忙离开你身边。"喂，我真的红了耳朵吗？脸呢，脸呢？"

"干吗啊。你很奇怪噢，没见过谁害羞是红耳朵的……脸没红啦！"程程的眉毛不知道拧成了几个结，"情书呢？好了没，我要验收！"

"好了啦，在苏亦那里。"

"你干吗给他看啊，人家会害羞的！"受不了你这个傻子了！

我从程程身边撤开："我去拿给你看……嗯……我刚刚真的只是……只

是红了耳朵吗？左耳还是右耳啊……"

"猪头允！你……"程程又一把把我拉了回来，凑在我耳边说，"我知道啦，不就是喜欢苏亦吗？我了解，了解，但现在，办正事，正事……去！"

我突然觉得自己被洞悉了内心，暴露在程程的面前："程程，你……"

"放心啦，你做得很好，全世界只有我一个人知道嘛。虽然我们三个是'死党'，虽然我有点吃惊你居然选择喜欢比程帅哥不帅一点点儿的苏大头，但我是……快点，办正事啊！"程程突然醒过来了，无情地逼迫我的耳朵接受噪音。

此时，你的前后左右都围满了女生。虽然有点夸张，但你的确像块磁性很强的磁铁，无论在哪里，总能够吸引一大群自动并且自愿变成含有金属成分的女生——包括我。我心里酸酸的。转头看程程，摊开了双手。

"难道你要让那些长舌妇都大声嚷嚷程程喜欢谁谁谁吗？快去啊……允姐姐啊，允妹妹啊，允美女啊……"程程夸张地朝我挤眉弄眼。

呵，该紧张的应该是我吧？我真的不想接近此时的你——英俊的侧脸，幽默的谈吐，博学而多才……

"小允，这是你写的吗？"

"小允，苏亦说你写得很好哦，要是他是那女生，肯定会接受的。"

"可是，程程这样不是很没诚意吗？叫小允帮着写……"

"是哪个女生啊？叫什么名字？长得漂亮吗？"

我努力地保持着微笑，不想说话，也不想看你："苏亦，还给我吧。"

"嗯。"你轻轻地应了一声，把那张我特地誊抄在蓝色信纸上的"情书"还给了我。每个人都看着我，笑容满面。我握着稍稍有着你的体温的信纸，有种想撕了它的冲动。

"程程，看看吧。不行我再试。"

"乖小允，真可怜。怎么就有那么多女生喜欢苏亦呢？"

我白了他一眼："程程，我是个笨蛋吧？"

"啊？"他看着"情书"的眼睛突然看着我，"嗯……对啊，是很笨。"

程程说，全世界只有他知道，知道我喜欢你。

二

这是我帮程程写的"情书"：

　　与虹同时出现的你/一派阳光明媚汇入我眼角涟漪/香气淋漓散不去/我被突起的感觉追赶/措手而不及/日记里流光羁旅让我失了忆/模糊渐渐褪去/留下你/好清晰

　　想着笑的你/踩着单车晃晃摇摇/指甲裹上调皮的雨泥/想着笑的你/背着书包跳跳蹦蹦/手腕系着七彩的笑意

　　可惜我笨拙的笔/描摹不出你笑的深意/还有/未曾见过的哭泣的你/只想问问那种叫作眼泪的东西/可不可以让我来帮你拭去

　　曾经思考飞鸟和海鱼的距离/泰戈尔相信那叫作遥不可及/但我更相信自己/心里来了几场飘香的雨/让我不知不觉想把喜欢变成爱的权利交给你

099

我和程程从高一开始就是很好的朋友，很有缘的是，高二分科后，我们依然分在了同一个班级。如果在真正的"死党"领域，他似乎比苏亦更有地位。程程长得很好看，头发很自然地卷曲，戴着一副深色镜框的眼镜，长着两颗小虎牙，居然还有两个酒窝……每次他讨好地叫"允姐姐"时我总会不知不觉地把他当弟弟。

苏亦呢？我承认我的整个高一都是埋在书堆里过的，居然不知道年级里有这么个风云人物。长得特像吴尊，又那么优秀——这也让程程有了打击苏亦的把柄了："苏大头啊，苏大头，想不到居然有不认识你的人——哈哈哈，小允，做得好！"他每次一说完，立刻遭到苏亦的白眼。然后苏亦就会转头对我微笑："小允，我请你吃可爱多！""喂，苏大头，什么意思啊。别以为全世界的女生都会喜欢你啊，喜欢你的是笨蛋！"程程于是义愤填膺地跟上来，"苏大头，我等下要吃草莓味的哦！"我在苏亦的右边，偷偷地抿着嘴笑。苏亦这时也转过头来，露出一排洁白整齐的牙齿。

我和苏亦认识的过程很简单。程程和苏亦是初中的哥们儿，然后我很巧地坐在苏亦的右边，中间只隔着一条不到半米的通道。程程每回下课总会跑过来，和我还有苏亦说话。放学之后，我们都有一段同样方向的路。后来，甚至不需要程程了，我和苏亦也可以聊得很开心。

苏亦毕竟是很闪光的一个男生，在文科班，这样的光芒更加有力量。几乎每个女生都很喜欢他。他也对大家都很好：帮穿着短裙的班长讲地理题；帮娇小可爱的语文科代表抬练习册；帮家里很有钱的小离修掉了链条的车子；为他青梅竹马的家玉过生日……当然，也包括帮我提很重的书包，请我吃很贵的可爱多，把雨伞借给我，然后和程程冒雨赛车回家……

我很幸福。当我看着我们舔着同样是巧克力味的可爱多相视而笑的时候（程程在这时候总是因为吃得太投入而无声无息，自动被忽略）；当苏亦在晚自习递来一张纸条，上面写着："小允，小离下星期过生日要我去，可是我不想，要怎么拒绝她呢？救我啊……"的时候；当我因感冒嗓子沙哑，程程却偏偏非要和我说话，于是苏亦对我们吼"不要说话啦，嗓子还想不想好啊"的时候；当我们在不用上课的星期天在学校里邂逅的时候……

可是，不用我有多余的遐想苏亦是不是也喜欢我，很多人都会用行动证明——你这个笨蛋，自作多情吧。

也许是吧。我们几个女生曾经玩一种游戏——"诚实与勇敢"。我有一次抽到了"诚实"。她们问我："你喜欢我们班哪个男生啊？老实回答！"我支支吾吾开不了口。她们全都笑了："苏亦是吧？哈哈哈……"还没等我很"表面"地"纠错"，她们就很激动地说开了："喂，还记得不记得，苏亦上次穿一件白色衬衫，很帅哦。""苏亦高一年文艺会演是钢琴独奏啊，真是没话讲了……""听说不久前苏亦还在杂志上发表了文章呢。"……我努力地看着她们，同时自己也在努力微笑。转头看见教室外的苏亦和程程站在一起说着什么，然后笑了。阳光照在他脸上，很斑驳也很灿烂。

没有人说过苏亦有女朋友什么的。谁也不希望这样的事情发生。苏亦就像是女生们的一个童话，他们宁愿童话永远只是一个童话，也不愿意有谁把它拍成电影，然后帮王子找到另一个公主——即使只是假的。大家都知道我和苏亦很好，但他们却对我很放心。因为我总是很识趣，很有"自知之明"。

苏亦说："以后我的孩子肯定像我，很帅。"苏亦说："真的很奇怪，我和家玉是从小一块儿长大的呢，好得很，可是我为什么不喜欢她呢？就像我和小允，很熟，但……"苏亦说："我们三个很像小说里的'死党'吧……"

所以说，我是个笨蛋，喜欢苏亦，喜欢看着苏亦让自己受伤。我就这样矛盾着。关于苏亦的记忆，却在青春的河口冲击出了一块三角洲。

三

程程想追的女生，追到了。大概是因为程程长得不赖，而且又很讨人喜欢。我执着地认为是我的情书起了强大的催化作用，然后，他就被迫请我和苏亦去吃了可爱多。

后来的一个月，我想我已经喜欢苏亦很深了。看见他对好多女生笑，心里真的很不舒服。

有一次晚上的课间，苏亦和家玉在大家的起哄下，预演起了戏剧节中排演的夫妻，手挽着手，然后大家都在用嘴巴演奏着那难听的"结婚进行曲"。我转头看了看在白炽灯下玩得很开心的苏亦，还有貌似很幸福的家玉，加上一大群很"善意"的祝福者，伤心到了极点。我眼眶涩涩地跑出了教室。

不知道要跑到哪里才不会有人看到我狼狈到流眼泪的样子。所以，我一直跑，一直跑。在阴暗的楼梯口，我看到了坐在那儿低着头的程程。我静静地走过去，他抬头看了我一眼。

"小允，你怎么了……"程程的声音很低，像在深渊底不断旋转的回音。

"没。"刚说第一个字，眼泪就被丢到手上了。

"小允,你知道吗,我和她分手了。"

我用手背拭了拭眼眶,但愿程程没看到那种液体。

"上星期六她生日,我在教室里等她等到凌晨。结果,她打了个电话说,她要和朋友玩去了。可是,之前她还告诉我她会来的……你知道,我有多讨厌被耍吗?我真的没办法……"程程停住了,轻轻地叹了口气,"你呢?是因为苏大头吧。"

我想回答,但一下子又哽咽住了。

"我说过嘛,喜欢苏大头的女生是笨蛋啊……"他用手拍了拍我的肩。

"可是,我是……我是那个笨蛋吧?"

"是啊,我也是笨蛋。我们都是笨蛋——全世界最笨的笨蛋!"程程突然站了起来,"允姐姐,要不我们来个笨蛋组合好了,把苏大头踢开好了。哈哈……"

我被他弄得不得不笑:"走吧,回去写作业!"

等我们回到教室,发现里面很安静。苏亦抬头看了我一眼,微微笑了一下。后来给了我一张纸条:"你和程程去哪里玩了,太不够哥们儿了,要孤立我啊……"我立刻回了:"我们去当笨蛋了。"传过去的时候,我看到苏亦的桌上多了一瓶"营养快线"。大概又是哪个女生"顺便"给的吧。

四

已经高三了。我想我知道该做什么不该做什么了。程程居然会带着练习本跑到我这边问我一道三角函数的问题。苏亦每节课下课都要给好多女生讲区时的计算以及正午太阳高度角的算法。我和苏亦有时一起回家,路上会去买面包吃。冬天了,商店不卖可爱多了。程程不交女朋友了,他说,天涯何处无芳草。然后问我,接下去的一句是什么。我说:"哪有人这样考的。"于是,把苏轼的《蝶恋花》背给他听。他说,怎么又是姓苏的……苏大头冤魂不散啊。

我想,苏亦永远都不会知道有个笨蛋喜欢着他吧,至少,在明年夏天、分别以前。

阳光照在初三

杨涵淄

一

7点多的时候，夏怡整理好所有的试卷，站起来收拾书包，关灯，然后锁上门。

天色已经暗下来了，校园里很安静。夏怡一直低着头数着自己的步子，快到校门口的时候突然有低低的笑声突兀地出现在冷寂的空气中，沙沙沉沉的，是男孩子的声音。夏怡头皮一麻，脚下的步子一下子变得慌张急促起来。

"喂，夏怡。"那个声音带着明朗的欢愉再次响起来，不高不低，是非常温和的声调。

夏怡松了一口气，礼貌地上扬嘴角说："苏程远，原来是你。"

男生也笑起来，脸上带着捉弄神情："夏怡，你是不是被我吓了一跳，对不起啊。"

"啊，有一点儿呢。"说出口的话因为吃惊而有些走调，夏怡心里想那个平日里总是面无表情的苏程远原来也是可以笑得那样好看的。

"怎么那么晚才回家？"苏程远扬起眉毛，很好奇的样子。"在写试卷呢，"说出这句话，想了又想，便又问了一句："你呢？"

"我？在等李锐，他说在教室等我的，但是看到教室的灯都灭了，然后就你一个人出来。"苏程远笑了，尔后又狠狠地加上一句，"明天要李锐好看。"

苏程远已经向前走了几步，又停下来，侧过身子看着夏怡。

"什么？"夏怡露出疑惑的表情，下意识地走到苏程远旁边。

"你一直很喜欢数步子啊？"

"嗯，是习惯吧。"

"这样啊，以前我也很喜欢呢，上小学的时候。"

"是吗？"

"对啊，然后被李锐笑了很多次。"

两个人不知不觉就走了很远的路，在一个十字路口，苏程远挠挠头说："那个，我家是往前，你呢？"

夏怡抬起手往左一指，"我家在那边。"

"那明天学校见。"苏程远嘴角边扬起一个淡淡的笑容。

夏怡点点头，然后两个人并行的影子慢慢分开，渐渐消失在路灯下。

二

经过一个莫名怅然又满怀期待的夜晚，夏怡带着不安而紧张的心情走进了教室。可是似乎没有什么和以前不一样的，黄子怡依然亲热地跑过来，挽住了夏怡的胳膊。

夏怡低下头，拿出数学练习册来做。咬着笔头，胸腔某处像被灌满了水般，轻轻一挤压，便会自眼睛流下。

下午的时候苏程远给同学发志愿表，用来填报高中的。当他走到夏怡的桌位旁时，夏怡的心还是禁不住向上一提。可他把志愿表往夏怡的桌上轻轻一放，几乎没有停顿的连贯动作，然后侧过身子，往另一张桌子上放上一张。夏怡把几乎要脱口而出的话死死咬在牙齿背面，苏程远似乎觉察到夏怡那个明显的欲言又止的表情，于是偏过头来问："夏怡，有什么问题吗？"

"啊，没有什么。"夏怡低下头看着自己的鞋带，手里已经捏出了汗。

差一点儿，本来差一点儿便可以问出来的。想知道他要报什么高中。真自不量力呢。还以为这就是朋友了。仅剩的那点儿微小的希望也被自己狠狠地丢在地上踩几脚。

黄子怡在放学后拉住夏怡说："一起走？"

夏怡摇摇头，笑着说："不了，我还想写一下作业再回家。"

"一起回去写啦，我昨天发现了一个小店，里面卖的东西超可爱的。"夏怡想这就是黄子怡，撒娇发嗔也会觉得可爱而亲近的黄子怡。

于是想了想，还是答应了。

黄子怡请夏怡喝橙汁，看到夏怡心不在焉的样子就有点儿不高兴了。

"你怎么啦，在想苏程远吧？"冷不丁冒出一句话，让夏怡心里狠狠一惊，像被什么击中了一样，又是疼又是慌。

"我昨儿看到了，你和苏程远在一起，你喜欢他吗？"漫不经心的语气，却让夏怡觉得像是长满刺的荆条一样直插往胸腔深处。"你说什么啊？"夏怡马上夸张地笑起来，努力露出坦然的表情，"苏程远可是王子级别的。"

"那你们怎么会一起回家啊？我昨天在便利店买东西的时候看到的哦，好像你们聊得蛮开心的。"黄子怡拖住不放，一脸八卦的表情。

"只是偶然碰到啦，然后就顺路回家呗。"夏怡轻描淡写地带过。

"这样啊！"黄子怡笑起来，眼睛变成了漂亮的月牙儿。"那就放心啦，告诉你哦，我喜欢苏程远好久了。"

夏怡的心里垮下去一片。有刚刚拔节的芽被砸得歪下去，但还是要笑着说，是吗？

与黄子怡告别之后，夏怡在无人的小巷里终于掉下了眼泪。

三

世界总是会发生很多不可思议的事情，就像几米说的那句话，两条平行线，也会有相交的一天。于是就在某个夜色迷蒙的晚上，夏怡在路边的牛肉面摊上遇到了苏程远。

"好巧啊！"夏怡除了这句话外，便再想不到更好的打招呼的方式了。

苏程远从热气腾腾的瓷碗后露出小半张脸来，橘色的灯光下他的脸因为光影的氤氲而显得异常模糊，隐约看见他眉目柔和的轮廓和堆在眼角边的浅浅笑意。

夏怡的心跳还是一下子快了半拍。

"喂，夏怡，我请你吃东西吧！"

有些惊异地回过头去，却看到苏程远略微愣住的脸，似乎他也想不到自己会突然说出这样的话。当两个人吃着棉花糖走到学校附近的公园的时候，苏程远还是忍不住笑了起来。"真想不到啊，你会让我请你吃这个。"夏怡红了脸，有些支支吾吾，"你问我喜欢吃什么，所以就说是棉花糖啦。我最喜欢吃棉花糖啊。"

"真有趣！有人说喜欢吃棉花糖的女孩都很甜蜜。"苏程远停下脚步望向夏怡，"可我觉得你不是。"

夏有点儿迷惑。

"我觉得夏怡是一种不会开花的植物，绿色的，让人觉得安静而清新。"苏程远认真的表情和温柔的语气让夏怡震惊得说不出话来，苏程远看到夏怡错愕的眼神后便不好意思地笑起来说，"我的比喻很奇怪吧。"

夏怡拼命摇头，在一阵沉默之后便把咬紧的嘴唇放开，缓缓开口道："我觉得你才像植物呢，只在某种特定的时间活泛起来，就像牵牛花总在早晨开放，向日葵只会迎向太阳一样。"

"哦？"苏程远似乎对夏怡的比喻很有兴趣的样子，右手抬起来指着自己说，"那我是牵牛花还是向日葵啊？"

夏怡就欢快地笑出声来。苏程远往台阶上一坐，半眯着眼睛说："我的感觉和你一样吧，平日你在学校里沉默胆怯，但是现在却是个会时时笑着的女孩了，很不一样呢。"

四

晚上在家时，夏怡接到黄子怡的电话。

"夏怡，你要考什么学校啊，志愿表填了没有？""不知道啊，不是下个学期才交上去吗，不急。""你就是这样慢性子啊。"对方笑起来，忽而又压低声音说："苏程远考什么学校啊，你知道吗？"

"啊，我怎么会知道."迟疑了一下，还是用很肯定的语气说出来。

"这样啊。"黄子怡有些失望的样子。

挂掉电话之后，夏怡在日记本上写下一句话：9月15日，苏程远的生日。

眼前似乎还是那晚苏程远微低着头若有所思的样子，过了一会儿才抬起头来缓缓地说："今天是我生日。"淡淡微笑的表情，语气虽然尽力装作轻描淡写，但在最后几个字的声调上无限的委屈和失落便随着降下去的声音争先恐后地涌出来。

自己便像被电击中一样僵在那里，张开嘴，却不知道该说些什么。

"今天谢谢你了。"他的语气又变得轻松自然，然后从台阶上跳下来，跺了跺脚歪着嘴巴说，"真冷啊，回去吧。"

默默地跟在后面，终于忍不住问出来："你要考哪所高中啊？"

苏程远回过头来有些茫然的样子，但还是回答说："三中吧。"

于是便把这三个字记在心里，当成一个不可与人分享的秘密。

五

夏怡托着下巴看政治教师反白光的镜片以及他眉飞色舞的表情，忍不住就扬起了嘴角来。然后目光一瞟，最后停在黄子怡右手捏着的纸条上。黄子怡把纸条递到后桌林思的手上，然后用手指了指坐在后排的苏程远，又低低说了句什么。

虽然听不到，但也可以猜到了。

请帮我把这个给苏程远，谢谢啊。心里空旷下来，空气里的冷冽被一点一点吞进肺里。连呼吸都疼。

果真下了课后黄子怡马上就跑到自己座位边来了。夏怡趴在桌子上，脸大部分埋在手臂里，只露出两只眼睛来听黄子怡半兴奋半神秘地说着她的计划。

"先从纸条写起好了，今天鼓了好大的勇气才传给他的。"黄子怡的脸红红的，看上去又俏皮又妩媚。

夏怡的眼睛眨了又眨，"是吗是吗，有机会哦。"声音像从鼻子发出来一样，闷闷的。

"你怎么啦？"黄子怡看到夏怡有气无力的样子，很关切地俯下身来问。

"没什么，就是胃疼。"

六

一个星期之后，黄子怡已经不用纸条和苏程远沟通了，而是自自然然地走到他座位边笑着说，请我喝汽水呀。然后苏程远便无可奈何地站起来，拉着李锐到楼下的便利店去了。班上渐渐谣言四起，黄子怡总是抿嘴一笑，坦然而又无辜地说："没什么啊，朋友而已嘛。"黄子怡在放学后已经不再来叫夏怡一起回家，而是跟在李锐和苏程远的后面走出教室。夏怡又变成了最后离开教室的人，孤孤单单拖着长长的影子走在深秋傍晚的校园里，这个世界已经向下折了一个角度，有什么秘密改变着，一切与以前都不一样了。

七

冬天来临的时候，夏怡已经开始考虑要报考什么高中了，班主任曾找夏怡谈过话，他建议夏怡报三中。"我们班能考上三中的就只有你和苏程远了。"老师这样说。夏怡却摇着头说："我报二中就好了，三中是省重点，我怕压力大了反而考不上。"然后，夏怡在老师无比惋惜无比遗憾的叹息中退出了办公室。

只是不想再看到他对着自己绽开温柔的脸，不想听到他叫自己的名字，也不想听到他叫别的女生的名字，不期望他会喜欢自己，也不希望他会喜欢上别的女生。

就是那么矛盾。夏怡木着一张脸在走廊上走，情绪莫名其妙地坏。

"夏怡。"背后男生熟悉的声音把脚下的步子粘住，装作没听到已经来不及了，只好把一张脸转了过去。

"你，这是什么表情啊？"苏程远先是愣了一下，随即便笑了。

别再对我笑啊，夏偏过头去，脚不停地蹭着地。

"喂，怎么不说话？"苏程远走上来，距离一下子近了。

"没啊，刚才想事情呢。"夏怡微微放松，然后又回过神来，有些歉意地冲他笑笑。

"在想报学校的事吧，老师让你报三中？"

"啊……嗯。"

"你不想考那个学校吗？"

"不是，我考不上啊。"

"谦虚啊你，成绩那么好。"

夏怡只是笑，找不到继续的话题。

"嗯，苏程远。"她费了好大气力，才终于操纵自己发出那个音节。

"什么？"苏程远的眼睛转过来。

"黄子怡是我的好朋友，我希望她快乐。"夏怡咽着口水，喉咙间发出尴尬的声响。"怎么了？"苏程远突然困惑起来的样子。

"黄子怡是我的好朋友，最好的朋友。"夏怡眼睛潮湿起来，声音也开始哽咽。"名字里的'怡'字，我们两个人都有，她喜欢，我就把我的送给她，我就叫夏怡。所以喜欢的人，也可以让给她。"

苏程远似乎明白过来，他拍了拍夏怡的肩膀说："我知道了。"

手指的温度，长久地留在了衣服上。

八

寒假过去后，春天便要到了。夏怡看着校园里的绿色渐次分明起来，心里便觉得暖暖和和的。

志愿书上的学校写上了二中。

最后一次模拟考，苏程远的名字排在了夏怡的前面，夏怡站在公布栏前微微发怔。苏程远，这个名字已经有大半个学期没有再被夏怡提起。夏怡变成一个更加沉默寡言的女孩。可夏怡自己却很满意自己现在的状态，甚至可以心平气和地与苏程远擦身而过，再没有惊慌失措的迹象。

中考结束后，黄子怡抱着夏怡哭了。夏怡惊讶无比，这个骄傲的黄子怡，这个从来只受到无数宠爱的黄子怡怎么会哭了？

夏怡紧张地问："怎么了？"

黄子怡泪眼婆娑地抬起头来说："没事，就是觉得以后要和你分开了，很不舍得啊。"

夏怡愣住了，顿时鼻子酸起来。"以后常见面就行啦。""那说好了哦。"黄子怡终于露出笑脸。

当毕业晚会结束后，夏怡在楼梯拐角拦住了苏程远。站在一边的李锐意味深长地笑着拍拍苏程远的肩，便三步两步地下楼去了。

"有什么事吗？"苏程远似乎很惊讶夏怡今天这样突兀的举动。

"嗯。以后黄子怡就拜托你照顾了。"夏怡笑了。

苏程远更加困惑了，"黄子怡？你应该拜托李锐才对啊。"

这下轮到夏怡瞪大眼睛了。"李锐？为什么会是李锐啊？你不是黄子怡的男朋友吗？"

苏程远哭笑不得，"什么啊，李锐才是她男朋友呢。"

夏怡便窘迫起来："对不起啊，我弄错了。"

有什么东西就这么在傍晚的风里，无声地落地。

九

夏怡还是用很长的时间去想为什么黄子怡会和李锐在一起这个问题。是黄子怡本来喜欢的就是李锐？或者是，她说喜欢苏程远只是因为她知道我也喜欢他，故意挤对我，后来发现我对苏程远那么淡然的时候便不气我了？夏怡最后放弃了深入研究这件事。

去二中报到的时候，夏怡受到年级主任的热情迎接。他拍着夏的肩膀一个劲地说："学校特别欢迎你这样的尖子生，在以后的学习生活中也要继续加油啊。"

夏拘谨而乖巧地站在一边，年级主任一边帮夏怡填着入学报告表，一边得意扬扬地说："今年还有一个特别优秀的学生，和你一样超过分数线几十分的，他也报了我们学校，看来，这一届学生可大有希望啊。"

刚说完，办公室的门便被推开了。"王老师，我来报到。"男生走进来，眉眼安静温和，礼貌谦逊的样子。"啊，是你。"两个人都不约而同地叫出来，惊讶过后，又微微笑了。年级主任愣了愣，"你是苏程远吧，你和夏怡认识啊？"

"对，初中时候一个学校的。"苏程远答道。

在抱着书本去教室的时候，夏怡问道："怎么你也到二中来了，你可以考上三中的吗？"

"我啊，我是被李锐哭着喊着才又改二中的，发现这里也很不错的。"苏程远的个头长高了，声音从高处冷冽的空气中缓缓传递下来。

"夏天要过去了。"夏怡突然冒出一句毫无关联的话。苏程远似乎已经适应了夏怡跳跃的思维，马上接过话说："另一个夏天也会很快到来的。"

十

在这个夏天的尾巴上，有些事情才刚刚开始呢。

苏打绿的缘

左岸倒映

我会给你怀抱

在这个6月，这个人仰马翻的6月，傍晚太阳尚未下山的时分，在广播室里，我的手指穿过橘色温热的阳光按上了CD唱机上的3号键。

校园的空气中便开始弥漫着极为干净极为温暖的嗓音：你知道/就算大雨让这座城市颠倒/我会给你怀抱/受不了/看见你背影来到/写下我度秒如年难挨的离骚/就算整个世界被寂寞绑票/我也不会奔跑/逃不了/最后谁也都苍老/写下我时间和琴声交错的城堡……CD唱机里放的是"苏打绿"的歌。

考拉做了一个快晕倒的表情，然后叹着气上上下下左左右右地把我打量了一遍。他说："吴青枫，你不能因为你和'苏打绿'的主唱名字读音相同就每天在节目开始时都播他的歌，而且你翻来覆去就一首《小情歌》，你烦不烦啊？"

我笑了笑，戴上耳机开始做节目。

考拉一脸惊愕。

不过，他很快就明白我不怒反笑的原因了。

因为，我在广播里说："亲爱的同学们，听到这么熟悉的歌声，你们一定知道我是谁了。没错，我是吴青枫。"

这番很明显是挑衅的话让考拉的脸迅速转化成气急败坏。他飞快地递给我一张纸，上面有乱七八糟的字迹：你还给我显摆？

我依旧是笑容满脸。很好，那我就继续显摆。

"在这个6月，高考和中考以不可抵挡的狂野之态降临了。在这里，吴青枫可以坚定不移地对高三的师兄师姐以及初三的师弟师妹说——就算大雨让这座城市颠倒，我会给你怀抱——这是借用了"苏打绿"的一句歌词。其实，'苏打绿'的主唱也叫吴青峰，今天，吴青枫就借着吴青峰的歌声唱出对你们的承诺。"

清澈干净声音的主人叫顾西

这也是我对顾西的承诺，期限是无论何时，无论何地。

我每天都在广播站里放《小情歌》的目的是为了让顾西听到时，想起这首歌是一个叫吴青峰的男子唱的，同时能偶尔想起他曾认识一个叫吴青枫的女孩。又或许，我已经在潜意识里把吴青枫和吴青峰给弄混了，可以把吴青峰的歌声当作是吴青枫的心声，一并倾诉给顾西。

考拉是广播站的站长，比我大一届。顾西是广播站前任站长，比考拉大一届，比我大两届。

知道顾西存在的那年我初三。

学校广播站对于我来说只是一个不断制造噪音的地方，那些主持人矫情地说着不分平舌卷舌的普通话，喇叭里放着的永远是吵闹俗艳的流行歌曲。

但顾西沁人心脾的清泉般的声音出现了。

10月的中午，空气闷热，蝉鸣聒噪。但有一个那么清澈干净的声音透过校园里遮天蔽日的树叶携带着丝丝凉气回荡在我耳边。

那个男主播用标准的普通话说：各位同学中午好，我是顾西。

短短的11个字让我迷上了这个声音。

而当熟悉的前奏缓缓流淌出来时，我更是惊喜得无以复加——他放的是"苏打绿"，我最喜欢的"苏打绿"。这支台湾零宣传乐队当时在内地并不为很多人所熟悉，顾西竟然知道！

我开始在心里描绘顾西的模样，他必定是高高瘦瘦的，有着修长的手指，他可以不俊朗，但必定有温暖的面容。后来见到顾西时，才惊觉他竟然跟自己所想象的一模一样。唯一不同的是——顾西是很俊朗的男生。

我是在1月初的元旦晚会上见到顾西的。当时穿着白衬衫背带西裤作复古装扮的顾西走上舞台时，世界在我眼中竟是黑暗一片，只有顾西是最光亮的存在。

我知道我彻底沦陷了。

沦陷就沦陷吧！我开始努力学习，为考入我们学校的高中部而奋斗，为有机会加入有顾西的广播站而奋斗。

梦里不知身是客

2006年10月，我知道了清澈干净声音的主人叫顾西。

2007年10月，我站在了顾西面前说："各位师哥师姐好，我叫吴青枫。"

顾西是作为前任站长来到广播站的新人考核会的。

我看见他脸上开始有清浅温暖的笑容，他说："吴青枫？哪一个'枫'？"

他脸上的笑容越来越多，"你知道'苏打绿'？"

"当然。"我回答得那么骄傲。

自然是要骄傲的，顾西所喜欢的乐队恰恰也是我喜欢的。

那场考核会我交了极其完美的一份答卷——自然是极其完美，我已绸缪了整整一年。

在加入广播站后，我才发现自己一直忽略了一件事：顾西已经高三了，他自然是要辞去广播站站长的职位的。那就意味着，我与顾西唯一的联系也断了。

11月尚未过去，考拉就找我商量元旦晚会主持人甄选的事。我大为疑惑，"你干吗找我？这事可是你和学生会的事。"

"我干吗找你？我可是想和你搭档的。"

"那怎么行？"我一口拒绝，"元旦晚会的主持工作一向是你们高二的'分内事'，我可不想被师姐们怨死。"

"怎么不行？"考拉一向轻松的语气在此刻却转为沉重，"是高一还是高二，这一点根本不重要，最重要的是你有这个能力。我也有和顾师兄商量过，师兄都说不重要，还说你是有这个能力的。"顾西这样说过？那一刹那，我的心被喜悦填充得满满的。

我伸出手去拍考拉的肩膀，"考拉大人，我是给你面子的哦！"

考拉边扯我的头发边说："喊！用得着装出这么勉为其难的样子吗？"

我连忙求饶，"知错啦，考拉大人，放手吧，饶了小的。"

考拉放开了扯住我头发的手："吴青枫，我们一定要好好准备。去年顾师兄和林师姐的表现太出彩了，我们可不能比他们逊色。"他停顿了一下继续说，"我请了他们来指导我们。"

我几乎想要笑出声来了，怕被考拉看到我满脸的喜色，忙低下头去看着脚尖装作沉思的样子。

考拉大概以为我在紧张吧，他拍了拍我的肩膀说："吴青枫，不要给自己太多压力。如果我们比他们差的话，那也是正常的，谁让他们是情侣档呢！"

谁需要谁的怀抱

原来，竟还有一个林冬青，而那个优雅清丽的林冬青也是我一直忽略的存在。

我早就该想到了，那样优秀的男孩身边怎会没有人陪伴？

原来在大雨让这座城市颠倒的时候，除我之外，还有一个林冬青愿意给顾西怀抱。原来就算我愿意给顾西怀抱，但他需要的只是林冬青的怀抱。

属于他们的传奇。

林冬青说，吴青枫，步伐再小一点儿，要走得优雅。

林冬青说，吴青枫，注意，要脸带笑容。

林冬青说，吴青枫，声音不要绷着，再柔和一点儿。

优雅清丽的林冬青是完美主义者，再微小的瑕疵她也容不得在眼里。

我咬紧牙关接受她所提的一切意见，发了疯地练习那些枯燥无味的动作。

我不愿意输，尤其是不愿意输给林冬青。

元旦晚会成功且圆满地结束了，我和考拉的表现得到许多人的赞许。当校长拍着我和考拉的肩膀说，不错不错，年轻人嘛，就是长江后浪推前浪，比起顾西和林冬青来都不逊色。我终于抑制不住自己满腔心酸跌坐在地面，失声痛哭起来，顾不上其他人诧异的目光。

没有人知道，我每天看着顾西与林冬青出双人对时心脏是怎样赤裸裸地暴露在空气中一片一片地剥落；没有人知道，像我这样心高气傲的人是怎样咽下心头的自尊去接受林冬青的意见；没有人知道，如此的心酸是为了顾西。

没有人知道，这一切都没有人知道。

顾西说："吴青枫，你真的很出色，将来把广播站交给你，我和考拉都很放心。"

我笑了笑没有说话。

没有了顾西的广播站对于我来说又有什么意义？

我只是一个歌颂者

6月，高考呼啸着如期而至。

顾西与林冬青俱发挥出色，双双被中山大学录取，成了那个菁菁校园的美丽传奇。

在他们的欢送会上，顾西神采飞扬，他手里牵着的是巧笑倩兮的林冬青。

我抱着吉他走上舞台，说："很感谢顾师兄这一年来对我这个小师妹的照顾，下面我要送给他的是我最喜欢的《小情歌》，希望师兄以后听到'苏打绿'的歌曲时，不要忘记他还有一个叫吴青枫的师妹。"

这是一首简单的小情歌／唱着人们心肠的曲折／我想我很快乐／当有你的温热／脚边的空气转了／这是一首简单的小情歌／唱着我们心头的白鸽／我想我很适合／当一个歌颂者／青春在风中飘着……

琴弦却在此刻突然断了。

四周的人都紧紧盯着我呆住了，我却紧紧盯着那根还在颤抖的断弦呆住了。

原来如此。

良久，我终于回过神，对着麦克风，僵硬地从嘴里吐出几个字，"祝顾师兄与林师姐幸福。"

我是一个歌颂者。

就算大雨让这座城市颠倒，我会给你怀抱——我对顾西的承诺，老天却早已决定不让我亲口对他唱出来。

吴青枫既不是吴青峰，也不是林冬青。

老天决定留给我的只有一句——我想我很适合，当一个歌颂者。

9月，新学期伊始，广播站里的新人开始管我叫站长。我和他们在广播里，一遍一遍地向新进校的小师弟小师妹说起这一对传奇，一遍一遍地歌颂着他们，然后，在他们的光芒下无奈，隐却了我们的高中生涯。

没错，我就是一个歌颂者。

233号轻舟已过万重山

杨小样

夏天和秋天，小白兔和大白兔

双手拉出一个弧度，窗帘外的阳光迅速漫了进来，女生惬意地伸了个懒腰，澄澈的阳光便流入女生惺忪的眼。

打开收音机，听到甜美的女声。

早晨一起床就要打开收音机，并且只能收听某一个音乐频道，这是被乔可要求的。她说的，因为这样你就会有一整天的好心情，而且最重要的是我们是在听同一首歌啊。

想到这里，姗姗微微地笑。亲爱的乔可，现在你是否也在听这首歌呢？此时秋日和暖的光仍充溢在姗姗的小房间里，有微小的尘埃在阳光里跳舞。收音机里是再熟悉不过的歌声，她也轻轻地跟着哼唱。

"……我们一个像夏天一个像秋天，却总能把冬天变成了春天……"

乔可有着夏天似的小脾气，多变的情绪像永远也长不大的单纯小女生。姗姗知道，乔可真的是单纯的。她的大小姐脾气只是希望别人多注意她一点儿，多在意她一点儿，多爱她一点儿，再爱她一点儿。艾珊珊则更像是秋天，和乔可一样都是小女生，但心性显得比乔可要成熟很多，个性安静，有点像小姐姐的味道。每每看见公主脾气爆发的乔可欺负路与同学的时候，她都会捂着嘴轻轻地笑。

两个小姐妹，一个像夏天一个像秋天，这样真好。夏天和秋天永远是连在一起的。她们也会一直在一起的。

118

歌曲快要播完的时候，收到路与的短信：233同学啊你作为乔可那丫头的"死党"可一定要劝劝她啊，今天我回她信息晚了一会儿，于是她说要请我吃榴梿，你一定要救我啊……

姗姗笑笑。他们两个就喜欢这样吵吵闹闹的交往方式。这样的感情得以维持，大部分原因是基于路与的包容吧。他可以包容她的胡闹，可以包容她的娇蛮，可以包容她的随时都可能爆发的公主脾气。在别人看来，他好脾气的包容度似乎是无限的吧。

几分钟以后，姗姗又收到乔可的短信息：啦啦……他又被我弄缴械了。

姗姗可以想象到乔可胜利的笑容。她想起在去年的某个夏夜，乔可躺在床上抱着最心爱的白兔抱枕在电话里对姗姗说，路与是我的大白兔，而亲爱的姗姗是我的小白兔。

丑月亮，不许笑

路与是很让人放心的男孩子。有时候姗姗会跟乔可说，他是个不错的男生呢。

乔可和姗姗在5楼的文科班，而路与在3楼的理科班。每到晚饭时间，路与就在教学楼前等她们，再一起去食堂，然后再很乐意地当两个女生的服务生。这样的好男孩，和谁都会相处得很好吧。渐渐地，姗姗也跟路与成了很好的朋友。

有一次吃饭的时候，姗姗递给路与一片绿茶香的纸巾，路与边擦嘴巴边说："嗯，淡淡的茶香，像你。"姗姗看见路与淡淡的微笑。乔可幽幽地问："那我像什么呢？"路与挑了挑眉毛说："像野山椒……"于是一阵打闹……日子就这样欢快地过着。

姗姗最喜爱秋天傍晚的夕阳。在接近放学的时间里，喜欢看着太阳一点一点地往下落。日暮夕霞似玫瑰凋零前最后一抹惊艳的凄美。

姗姗看着飞鸟成群地飞着回家，放学铃声并没有惊扰到它们。乔可背着书包和姗姗说了再见就飞快地跑出教室。她可是记得路与说的，今天要请她去吃味千拉面的。

乔可以很快的速度走到了学校门口，没有看见平时会斜挎着书包在门口等自己的清秀男生。她边等还边想等一下该用什么方法惩罚那家伙呢。可人差不多走完的时候还是没有看到路与出来。她气呼呼地打他的电话，无人接听。按掉再打，仍旧是被那个温柔的女声告知无人接听。

此时天已经渐渐变得有些灰蒙蒙的了。她抬起头看到天上一轮带着豁口的月亮，指着那轮无辜的月亮说："你个丑月亮，不许笑！"

转身，离开

清晨，尚在睡梦中的乔可收到路与的短信：对不起啊，昨天晚上我和几个班委留下来办黑板报了，手机放在了课桌里就没有看到你的信息。

乔可把手机放回口袋，不理他。

到了学校食堂，路与拿着乔可的饭盒准备帮她打饭，还使劲跟她解释，乔可则"嗯嗯啊啊"地回应他。姗姗就在一边看着笑。

"喂，丫头你到底有没有在听我说话啊？"路与腾出一只手来揉揉她的头发。

"有啊。"

"那我们今天晚上去吃味千好不好？"以前当她生气或者假装生气的时候，这句话很管用的。

其实姗姗看见乔可转身时偷偷地笑了，可是当她转过身面向路与时却是一副没有听见的样子。

"噢，你看今天的蛋炒饭里蛋好多呢，难道是因为今天天气很好？"乔可还是用不着边际的话回答他。

路与没有说话，喉结上下动了动。假装在四处观望食物的乔可自然没有看到旁边男生脸上的笑意渐渐变淡，变淡。只有姗姗感知到了。

突然地，他在人声嘈杂的食堂里想到自己以前的某些样子。在她故意跟他使小性子时，他一次一次地哄她开心的样子；在她心情不好时对他歇斯底里，他使劲道歉的样子；在她犯了小错误时，他对她眉眼温柔地说"不要紧啦，我不怪你"的样子；他一次一次包容她的样子……而在这一刻，他觉得够了。

通常不都是由一件很小很小的事情却引起的爆发吗。他拍拍她的肩，把饭盒递给她，正色道："拿着，你自己去打饭。"然后转身，离开。乔可就愣在那里，有些不知所措。她渐渐看不到他的身影了。她打他电话，她要告诉他，路与大猪头你死定了，你竟然敢甩下本小姐不管，还要我自己打饭，你今天死定啦。

可是，无人接听。

姗姗看着路与渐渐不见的背影，她想，这是路与最平静的爆发方式吗？

月光下的泪

喉咙里像是有一团棉絮，黏附在里面，上不去，下不来，说不出话来。她明明可以像从前一样跟他吵跟他闹的，可是现在一下子却突然不知道要做什么。心里只有怅然若失的感觉。

现在他是真的生她的气了吗？他再也不能忍受自己的骄蛮无理了对不对？蹲下来，把头埋进双臂里，世界是安静的，只有自己的泣声。

乔可知道自己只是一个需要很多爱很多爱的女孩子。假装生气故意不理他的时候，她就想让他哄她，就像哄一个孩子那样。姗姗拍着她的背轻轻安抚她。把她扶到座位上，让她把头靠在自己的肩上，让她哭。

姗姗知道，乔可已经对路与形成了依赖，他对她的好，无论如何，她是戒不掉的。

夜晚，乔可想抱着自己的白兔抱枕躲进被子里睡觉。可是她睡不着。像是决定了什么，拿出手机拨出那一串熟悉得不能再熟悉的数字。指尖在拨号键上踌躇了一下，还是按了下去。她要打电话亲口跟他道歉。然而里面的女声告诉她，您拨的用户正在通话中，挂掉。半小时后再拨过去，依旧是那句机械的提示语。

突然的心里有些空，是注定要他不给原谅自己的机会吗？

月亮的清辉太亮，让黑夜不够黑，有人赶紧拭去眼角的泪，不让月亮看见。

谁眼中决绝的流光

调到节奏欢快的歌曲，塞上耳塞，掩盖清晨醒来就有些恍惚的心情。走到教室门口，取下耳塞，刚好听到一个同学说："昨晚没有睡好吗，有黑眼圈哦。"然后是一个熟悉的女声回答："呵呵，昨晚跟一个朋友讲电话讲到11点多呢。"

还沉浸在音乐节奏里的乔可脑袋顿了一秒，然后突然意识到某件事情的巧合性。她朝姗姗望了过去，姗姗朝她微笑着挥了挥手。

一些零碎的记忆却突然像过山车一样呼啸在她的脑海：姗姗跟她笑着说"他是个不错的男孩哦"时的画面；姗姗每次对路与说谢谢时像是盛满全世界的微笑的柔软眼神；姗姗投向路与的视线却触及自己的视线时，目光迅速撤离的样子……少女敏感的心再加上一些能算得上证据的细枝末节，就能在心里确定某一件事情的成立。路与是包容性那么强的男生，而自己也那么低姿态地在短信里跟他道歉了，都没有得到他的回应。是因为有人借机在他面前说了什么吧。

乔可兀自笑笑，哦，原来事实是这样——没想到你的城府还挺深的。在一个男生面前，我们之间的友情显得那么的苍白。

按下确认键，屏幕上乳白色的信鸽飞向苍青色的天。她把头深埋在被子里，不回复随后收到的那些代表不解的短信。

在黑夜里，谁的眼睛闪着决绝的流光。谁又看不见，在另一个房间里的谁，眼角溢出的泪正静静地滑过她光洁的脸颊。

他微笑着走来

有时候，对待一个人，由爱到恨，只是一次直线的重力加速度的坠落过程吧。

至于那些用柳叶体写着"真的不是你想象的那个样子"的纸条，不予理会。那些柔软而忧伤的眼神，也直接跳过。

乔可打开收音机，本想跳过那个会引起某些回忆的敏感频道，却清晰地听见女歌手哼唱出的让她难忘的歌词：怎么会怎么会/我和你的真情分/原来是个易碎玻璃杯/轻轻地一下子就会碎/我多的希望你能知道/这一切真的只是个小小的/误会……一曲未终了，乔可便将它关了。还是不要听了吧，她和艾珊珊的友谊玻璃杯已碎。可是，后来的事，让歌词的最后一句一声声清晰地回响在她的天空。

她又看见那张再熟悉不过的脸颊。他穿着白色外套，微笑着站在教室门口一片流泻下来的夕阳里，整个清瘦的身体泛着橙色的光。乔可有一瞬间的恍惚。

"突然离开了你一个星期的时间，还好吗？"

乔可没有说话。路与笑着递给她一封粉色的信笺："想对你说的话都写在里面了。"

走进教室，乔可把信封紧紧贴在胸口，不回应教室里唏嘘一片的众男生。像第一次收到喜爱的男生写的情书那样。

好像，他们又回到了从前，可是，还有哪里不对？

谁是世界上最傻的女生

她轻轻展开白色的信纸，看到他清秀的笔迹。

"在突然离开你、故意不理你的这几天里，公主病有改掉了一点点吧？那天突然走掉，并没有其他原因，只是希望你能在公主脾气爆发的时候稍微体会一下别人的感受。你跟我发短信道歉，说你以后不会再那么任性了。我们的乔可大公主终于变乖了一点儿啊。艾珊珊那傻妞还真以为我不理你了呢，天天发短信劝我。有一次跟我讲电话讲到晚上11点，她说乔可只是个很需要别人宠别人爱的女生，她很善良很可爱很率真。这些我都知道，所以，经过一场蓄意的离开后，我又回到你的身边。今天晚上我们一起去吃味千吧，记得把傻妞233叫上。放学后校门口见。"

抬眼，看见窗外依旧绚丽的夕阳。双手揉揉额头的头发，眼睛渐渐变潮湿。

到底谁才是世界上最傻的女生？傻到宁愿相信自己可笑的猜测，也不相信用几年时间细水柔情堆砌起来的友情堡垒，还用那么伤人的眼神和话语去伤害一个真正对自己好的女生。她是不会原谅自己了吧？脑袋里早已布满歉疚的黑色藤蔓。心脏像是浸泡在整个恸伤的世界里，止不住地哭泣。

然后感觉到有人拍她的肩，随即便闻到淡淡的绿茶香。微微颤动的睫毛上沾满了晶莹的泪珠，张开眼，看见一只白净的手向自己递来一片纸巾。目光随着手臂往上看，便是姗姗诚挚的眼，微笑的脸。鼻子又一酸，乔可觉得，姗姗是世界上最美的女生。

轻舟已过万重山

——姗，对不起，我伤害了你，真的对不起。

——事情不是已经过去了吗？每一段青春都会犯错，每一段友谊都会遭遇风雨的袭击。现在我们都走过来了，你并没有在友谊里落单。

——亲爱的，谢谢你。

——轻舟已过万重山，所有的哀伤都被时光稀释。所以……

——继续我们伟大的友谊吧。

那晚，发完短信乔可抱着心爱的白兔抱枕，睡得好安稳。

第二天早晨的第一束阳光照进房间，打开收音机，听到节奏欢快的歌曲，她想，亲爱的姗姗，你是否也在听同一首歌曲呢？

三个人的时光

水银灯

一

盛夏的午后有种很燥热的安静，风扇在头顶呼呼地搅动着空气，粉笔偶尔在黑板上划出尖锐的声音，像是一个充满了的气泡"突"的一声爆炸，然后一切又归于平静。

坐在第一排的宁珧专注地订正试卷，突然听见了第三排仲小然的声音："……我要称颂我对邵亦景的爱！"宁珧立刻感到汗颜，她抬眼看看在黑板上努力倒腾几何图的数学老师，又小心侧过头看看仲小然。接着顿时醒悟了一个很现实的问题：其实那句话还不算最主要的，最主要的是，邵亦景不是别人，而是站在宁珧正前方的数学老师……

宁珧无奈地摇摇头，正好对上坐在小然斜后方的许攸的眼神。许攸正在打寒战，很显然仲小然的话也一字不落地传入了他的耳朵。许攸看到宁珧后递给宁珧一个"拿她没办法"的眼神。宁珧笑了笑，又转回身，继续"批斗"面前的数学试卷。

许攸拽了拽小然的辫子："怎么又爱他了？不是才说不爱他了吗？"

"他不是说明天开始放3天假吗？多么有爱的壮举！"

"放假又不是他决定的。"许攸觉得小然的逻辑有点儿混乱。

"大家不要在下面嘀嘀咕咕的！"邵亦景终于发飙。仲小然连忙摆出一脸"纯真"的样子，端端正正地坐好。

宁珧微微地笑，这个小然，难道不懂什么话能说什么话不能说吗？

许攸也坐端正，看着宁珧的背面。这个傻丫头，有一缕头发没梳上去啊。那丝头发轻轻荡在宁珧细长的脖子上，乖巧而美好。

今天小然又做了一件"匪夷所思"的事情，也不知道邵亦景到底有没有听见。不过通过和小然这么长时间的相处，我算明白了——再匪夷所思的话从她嘴里说出来也不匪夷所思了。

小然一直都是这么一个无所顾忌的孩子。大大咧咧地说自己想说的话，突发奇想地去做一些荒唐的事。有时候自由得让人嫉妒，有时候自私得让人心疼。

——摘自宁珧日记

二

"走吧。"宁珧来到仲小然的座位旁。

小然还没来得及说话，后座的许攸就问："又要逃课？"小然回头："什么'逃课'？你看看音乐课有几个人去上的？""我啊。"许攸一脸乖宝宝样。小然白了他一眼，然后满脸阳光地拽着宁珧的袖子，"我们走吧。"宁珧目睹了仲小然变脸的全过程，有些发懵地看着前后判若两人的仲小然，愣了几秒才点了点头。

几分钟后。小吃店内。小然一脸兴奋地拌着米线，宁珧则捧着一碗凉冰冰的桑葚刨冰。

"宁珧……"

"嗯？"

"我貌似……发现一个比较严肃的问题。"小然死死盯着米线，口气前所未有地认真，并且用筷子把米线拌得格外起劲儿。

"什么问题？"宁珧继续品尝着刨冰，她对小然这样突然一本正经的样子早已习以为常。

小然深吸一口气，大声朝旁边喊："阿姨，这碗米线没有放米线啊？"

宁珧差点把刨冰喷出来，她看了看小然的碗里，有凉皮有海带还有花生米等等，就是没有米线。

"米线今天没有了。如果有我还能不放吗？"卖小吃的阿姨平静地说。

"可是，没有米线了还能叫米线吗？就像她的桑葚刨冰，没有桑葚还能叫桑葚刨冰吗？"小然据理力争。小吃店的阿姨笑了笑，权当小然在瞎闹。宁珧把刨冰含在嘴里，凉气慢慢布满了舌头，逐渐麻痹了味蕾。其实，小然瞎闹的时候也蛮可爱的。

这时，小吃店的推拉门响了一下，一个男孩逆着光出现在门口，影子投射在地上，模糊，颀长。宁珧不用抬头也能分辨出那个影子的所有者。因为有个词，叫感应。

"你不是说你不逃课吗？"小然笑眯眯地看着许攸，声音里带着挑衅。

"我是来补充能量的，为了更好地学习。"许攸径直走到柜台前，但似乎没看到什么想买的，就只拿了一罐可乐。许攸用中指扣着可乐的拉环，"哧"的一声，可乐内的气泡冒了出来。许攸弯了弯嘴角，把拉环拿在手中，递到小然面前："呐，可乐戒指，送给你了。"

小然看也不看："不要，要送你送宁珧去。"这个玩笑开得有些尴尬，宁珧只好假装没听见继续解决刨冰。小然看着宁珧窘迫的样子，暗暗地想这估计就是女生最隐忍的表达情绪的方式吧。

"我吃完啦！"小然放下筷子，拿了一张餐巾纸，"我们走吧！"

宁珧点点头，起身。其实小然也不笨，她这么说只是为了替宁珧解围罢了，不过由于小然平时比较喜欢"装傻"，这个小小的伎俩在大家眼里表现得如文章中的过渡句一样恰到好处。

"再见！"小然竟然还不忘跟许攸告别，自然得像什么都没发生一样。

"嗯，再见。"

宁珧回头看许攸，许攸微笑着对宁珧说："再见。"

那个微笑就像是影片中的定格，停留在宁珧的视网膜上，传递到心底最柔软的地方，细细密密地刻上去。入木三分。

今晚我又看了一遍《光线消失的井池》，真的很喜欢。我很惊讶作为喜欢新鲜事物的射手座的自己，为什么会对一篇普普通通的故事喜爱到了执着的地步。毕小浪、颜徊、季节3个人都很可爱呢。可是为什么结局是悲伤？为什么要忘记？

——摘自宁珧日记

三

天气一点点地热了起来，宁珧感觉这就像是一条 a 值大与 0 的二次函数图像，随着时间的增加，不动声色地接近最大值。与之一同增加到最大值的还有小然的抱怨声："好热！热死我了！教室应该装一台空调！不对，是四台大空调，教室每个角放一个！"

"宁珧你不觉得热啊！我快不行了！快热死在这个班了！"

宁珧回头看着小然："我怎么可能不热。"由于调换座位，宁珧又坐回了小然的前面，这么近的距离显然又会被小然折腾得不得安宁。

"那……那你应该表现出来才对！"小然开始胡搅蛮缠。"我怎么表现？像你这样大呼小叫？"宁珧哭笑不得，"心静自然凉。""静你个大头静！宁珧你那个'喷壶'借我用一下！"

喷壶……亏她想得出来，不过是个酷似喷雾花露水瓶的东西。

小然接过来往脸上喷了喷，水珠的蒸发让小然觉得一阵凉爽。宁珧突然觉得脖子一阵清凉，扭头一看，小然带着笑意问："挺凉快吧？"

小然的眼睛很清澈。不知道用"清澈"这个词会不会显得老土，但是小然的眼睛的确很亮，像颗漂亮的黑色玻璃球。

宁珧还没反应过来，小然就加快了按喷头的频率，水喷了宁珧一脸。宁珧闭上眼睛微微感受着舒服。

"小然你不要老为害一方。"许攸漫不经心地说。

宁珧睁开眼睛，想看小然什么反应。小然愣了两秒，突然醒悟过来，想保持严肃但却憋不住笑，于是冲出了教室。

宁珧和许攸对望一眼：这孩子想干什么？

不一会儿，小然冲进了教室，手里的喷雾器是满满的，然后许攸的周围如同出现了一支高压水枪，水哗哗地源源不断地往身上喷，大有"秋风扫落叶"之势。

"别玩了，小然！你这样好幼稚！"

"幼稚就幼稚！"

宁珧看着小然和许攸，她发现小然精致的脸和许攸清朗的脸配在一块很和谐，1.65米和1.78米身高上的配合也几乎天衣无缝。似乎像一场角色扮演游戏，早就设定好男女主角只等着情节的发展来为他们的在一起做铺垫。

正在此时，小然与许攸的对话把宁珧从幻想世界拉了回来：

"小然你这个瓶子里的水从哪儿弄的？"

"女厕所……"

　　我想，像小然这样幸福而任性的孩子，在这个世界上会有几个，而像我这样成绩优秀其他平凡的孩子，在这个世界又会有几个。我得努力学习，不为别的，只为了别人会因为"成绩好"这一特点而牢牢记住我：有个叫宁珧的女孩子学习好。有个叫宁珧的女孩子不用花多少精力学习都会很好。我如果能像宁珧学习那样好该有多好。

　　这是我唯一拥有的东西，我不能把它弄丢。所以我得努力。只为了不被别人轻易忘记。

——摘自宁珧日记

四

小然不知道又在闹什么别扭。谁知道呢，可能是小日子过得太"滋润"了，以至于没事找事了吧，宁珧想。"宁珧你陪我说话。"小然扯扯宁珧的衣服。

"好好。"宁珧一边答应着一边在草稿纸上演算着数学题目。"宁珧！""你说啊，我听着呢。"宁珧一边向同桌演示解这道题的过程一边应着小然。

"宁珧你再写一个字我们就绝交。"小然开始放狠话。宁珧的笔在作业本的上方停滞了一秒钟，又继续飞快地运作起来。小然把指甲用力地掐进肉里，深呼吸，终于开始埋头做自己的事。下晚自习的时候，小然没有等宁珧，而是抱着书包头也不回地走了。

小然，你真的很自私。

许攸看着小然的背影，又看了看宁珧，无奈地笑道："你们俩闹矛盾了？""算是吧。""这孩子，竟然自己先走了。要不，今天我来代替小然做回护花使者？"许攸调侃道。宁珧轻轻地笑了，护花使者吗？明明知道他在开玩笑，为什么还是有些不好意思。

"走吧。"许攸已经收拾好书包。

宁珧亦步亦趋地跟在许攸后面。这种情景很奇怪，自己像个小孩儿一样跟在许攸的后面，然而自己1.72米的身高又和小孩儿搭不上边儿。

出了楼梯，视野开阔了很多。宁珧和许攸并排走着，投映在地上的淡色影子显得很暧昧。许攸倒是很轻松的样子。宁珧不自在地想，他这么轻松，是不是因为经常和女孩子一起走呢？宁珧被自己空穴来风的想法吓了一跳，自己有什么资格这样认为？自己又不是许攸的谁谁谁。仲小然才是吧？

"今天你和小然怎么了？"小然，小然，又是小然。"没什么，她让我陪她玩，我没陪她，她生气了。""……其实……""其实什么？其实我就应该放弃学习时间陪她玩是不是？嗯？"

"小然她，你想听吗？"

"嗯。"

"小然从小就是个很倔的孩子。而且似乎小时候经常会被人忽视。我记得小时候有一次我们在草坪上乘凉，小然和另一个女孩分别在自行车上坐着玩。突然车子倒了，两个人都摔在了地上。那个女孩哇哇大哭了起来，然后她被别人抱走了，小然却自己爬了起来。其实那个女孩的车子压在了小然身上，小然应该更疼一些才是。别人没注意她，因为小然忍着没哭。后来小然一直希望有个人在乎她，尽管从未说过这类话。因为是女孩子，所以家里人常常教育她要坚强，要变'厉害'，如果有人欺负她，就得跟别人打。小然是个很'恶劣'的人，呵呵。"

宁珧不说话，心里有种说不出来的滋味。

"还告诉你一件很搞笑的事，小然小时候，摔倒了以后第一件事就是四处望望，发现周围没人后就赶紧站起来，把衣服上的灰尘拍干净，因为衣服弄脏了会挨妈妈打。"许攸笑了起来，可宁珧分明捕捉到了那声音中夹带的难过。

"我……"

"所以，我一直想对小然好，一直想帮她。可能是受到'要坚强'的教育，但又无法真正坚强，因此这孩子常常假装坚强，什么事总闷在心里。可我觉得，她的假坚强只不过想找到一个真正了解她的人来发现她是假装的。可能小然自己没意识到，但的确给我这种感觉呢。"

"你……很了解小然吧？"

"因为我是他哥，我不了解她谁了解？"许攸若无其事地回答。这个答案却让宁珧大跌眼镜。

"……哥？"

"她随妈妈姓，我随爸爸姓。爸爸妈妈当时觉得这样很公平。"

"呵呵……"宁珧附和地干笑着。原来许攸是小然哥哥，难怪对小然那么好。但还是觉得怪出乎意料的，毕竟宁珧总觉得这样的情节只有在小说里才会出现。

"小然有你这个朋友是件很幸运的事，我希望——这只是我的意见，你不要计较小然。"许攸笑了笑，淡淡地说。

"嗯，我知道。"宁珧叹了口气。小然，你真是不知好歹。

到家之后，宁珧看着电脑的显示屏发呆，想着许攸和自己说的话，想着许攸和自己说话时的语气有着故意掩饰的伤感。有着对小然的宠溺，还有这个年龄男孩子特有的温柔，犹如春分到来时降临的温暖。

有深深浅浅的心动，以及牵扯出来的疼。许攸，我可不可以喜欢你。而你，又可不可以喜欢一个叫宁珧的女孩子？

当我看到小然灰着脸时，心就软了。算了，我要让着小然的，还是宠她吧。和她道歉，一定会没事的。

　　然后呢，小然对我说："我们一起去买东西。"然后，不用再说什么，我们和以前一样。

——摘自宁珧日记

五

　　"和好了？"许攸问宁珧。宁珧点点头，笑，我们不就这样吗，一会好一会恼的。"许攸！我好喜欢你！"小然心情一好，看什么都喜欢。许攸笑了笑："肉麻。""许攸，不仅我喜欢你，我还要代表宁珧喜欢你！"小然又开始胡说八道。

　　宁珧笑着，心想：许攸，我想我该放弃了呢。

　　我不再幻想一个叫"许攸"的男孩子会喜欢上一个叫"宁珧"的女孩子。

　　因为当小然说要代表我喜欢你的时候，我从你看我的眼睛里捕捉到的没有喜欢，而是有着与看小然的眼神一样的宠爱。当然，还不及小然。当然，我没有小然奢侈，不能够自由自在、无所顾忌地表达自己的喜欢。

　　这是我们3个人的时光，我要好好珍惜。然后让它无可取代地成为我高中3年中最美的时光。

第五部分

想念与爱

　　记得林培源在他的第一部长篇小说《薄暮》里的第一句话：一切和母亲有关。

　　彼时我惊叹关于母亲竟可以写出这么多的文字，读完之后我才明白，他在书中所写的，是母亲的一生。

　　而我尚不知晓在我降生之前的世界究竟是怎样，也丝毫不了解我母亲所经历过的岁月。我所能描述的，只有我记忆里所经历过的十几年。然而让我难过的是，直到有一天我也垂垂老去了——我对母亲的记忆，仍是只有这单薄且在我尚不谙世事时的十几年。

　　　　　　　　　　　　　　　　　　——默墨《想念与爱》

爱，一直都在

焦青鲎

　　父母是工薪阶层，工资不算太高，但还养得起一家三口。有点多余的钱，但还不够去做任何奢侈的事。总之，我家处在那种在穷人眼中是个富人，在富人眼中是个穷人的尴尬地带。父母工作虽忙，但总会省出周日来陪我。工作上出色的他们在父母一职上也做得相当成功。他们不但在物质上满足我，更能给予我精神上的帮助。他们明白一个健康的孩子需要完整的父爱与母爱。可事实上，我更愿意把这爱称之为责任，生下了我，敬职敬业的他们便承担了父母一职，并全力以赴。

一

134

　　12岁，我上6年级，班里流行写母爱的作文。因为语文老师是个刚生完宝宝的妈妈老师，所以以母爱为主题的作文总会拿高分并大受称赞。有位同学在作文中讲自己的母亲有个上锁的箱子，他某次不小心打开了它，发现里面全是他小时候的东西，老师感动得快要落泪，哽咽地说自己也有这么一个小木箱，是为她的宝宝准备的，还说每个母亲都会有。

　　我一回到家就开始在父母房里搜找。衣橱上，没有；床底下，也没有；柜子里，还是没有。我找遍了每个角落，但每个角落都没有小木箱。不甘心但又无可奈何，或许母亲并没有像其他父母那么关心我。床头柜上有本相册，无聊地翻翻，看见了我的第一张奖状，第一篇作文，第一张图画，第一次领奖照片，这些不应该出现在木箱子里吗？不应该藏得好好的不被我发现吗？

　　相册里还有两张照片，一张是他们的结婚照，没有白色婚纱，只是两人的头靠在一起，微笑着，简单但充满幸福，后面还有日期"1993.4.17"。另一张，他们抱着个小孩，应该是我吧，后面是同样的日期"1993.4.17"，只是多了句话："今天我们成了一家。"怎么会是同一天呢？而且4月17日还是我的生日，好事全在这一天啊。12岁的我感到奇怪，但由于没有找到想找的木箱子，所以只是失望地离开，这两张照片也被遗忘。

二

初二的时候，学校里常常会有那么一两对"小情侣"，他们会像言情书中写的那样谈谈情说说爱。不能实践的那些人便喜欢听些像言情小说似的真人真事的小情节，我就属于后者。听完了学校里的，回到家便问母亲，当初为什么会嫁给父亲。母亲笑着，看了一眼父亲，回答："本来不想嫁的，但因为有了你，就嫁了。"

我呆住了，想到了12岁时看到的那两张相同日期的照片，加上母亲刚刚的话，我想我是明白了。难道是因为母亲生下了我，所以父母才会结婚的。毕竟那年代，未婚妈妈可是个不雅之称。一直觉得父母间没有爱情，有的只是责任，却不知罪魁祸首就是我。

我跑回自己的房间，不知该如何面对父母。他们在这十几年中，可曾埋怨过我的到来？可在怪我剥夺了他们的幸福？难怪我觉得他们对我只有责任与义务呢，他们明明该恨我却还在关心我，真是虚伪。我想嘲笑，嘲笑他们也嘲笑自己。

我开始逃避父母，不想让他们斥责也不愿他们负责，对他们有愧疚也有不屑。而他们，一如既往地关心我，是真心的吗？不懂。我疯狂地参加各种活动课程，特别在周日，在这个原本是家庭小聚会的日子，我参加了奥数、钢琴、舞蹈等课程，把一天排得满满的。我要让密集的练习把我捆紧，我的神经麻木，麻木到遗忘他们的存在。他们还温暖地问我为什么？是啊，他们从没要求我参加过任何课外课，我只能回答"喜欢"。

三

母亲接到那封信时，只一看信封就一脸震惊，然后冲我笑笑，装作平静地坐下，双手却紧紧地捏着那信，平整的信封上形成了一个凹凸的花形。有什么值得如此紧张，又有什么必要在我面前假装，我想直接问出来，但最终并未在她面前有所表示，回房间了。

晚上，父亲一回家便把母亲拉回房了，然后，传来了声响，一阵高过一阵，我怀疑最后已经是争吵了。在我记事以来，我从未看过或听过他们争吵，小时候以为是因为他们相爱，后来认为是他们没有爱，所以相敬如宾。

我知道偷听不好，可在这种情况下，谁会不去呢？他们似乎故意压低了声音，所以听得很累。

"可小颜是他们的亲生女儿。"父亲的话透过门墙，变成电流击中了我……

我不知道我后面是否还听到了些什么，也不知道我是如何回到房间钻进被窝，更不知过了多久，我才开始回味那句话。

原来……原来我并不是他们亲生的，虽然之前总觉得他们对我只有责任，但我明白，这其中有浓浓的父爱与母爱。我说他们虚伪那是天下父母都有的那种虚伪，是那种在子女面前保持美好形象的不能称作虚伪的啊。我……我错了，我明白了，但请别这么吓我，我真的害怕了……

我不知想了多久，也不知流了多少泪，更不知母亲是否真的来到我的床前，摸着我的头，不说什么，但有暖暖的液体滴在我的脸上。

四

照常醒来，照常吃早餐，父母已出门，但早餐还是热的。昨晚睡得很不好，浑身酸痛。

猛然想起昨晚，心里变得沉重，仿佛刚吃的早餐过了量，压在胃里令人不舒服，昨晚的事是真的吗？做梦吧。毕竟今天很正常，父母照常上班，照常做好早餐，早餐味道也正常。

但那不确定和不安全感还是驱使我来到了父母房间。床头柜上仍然放着那本相册，母亲还是没有木箱子。当年找不到小木箱，我问母亲为什么，母亲说："都放在床头的那本相册里呢，这样我才方便天天看啊。"

一翻就翻到了那两张照片，两张相同日期的照片，这里夹着个信封，有捏出来的花形。

偷看他人信件是违法的，但这关于我的身世，我无法遏制自己想知道真相的急迫心情。

信很短，也很明白。

"当年是我们对不住你们，那1万元我们会双倍奉还，另外，小颜的18年抚养费也会如数送上，请你们把女儿还给我们……否则，我会起诉，你们当年可不是领养的，具体事项周日早上9点法浓咖啡店详谈。"

我像个小偷似的慌慌张张地看着，看得很快，最后甚至连署名也没看就逃了出来。

感觉心被挖去了，血液压不出去，呼吸提不上来，但没有落泪，因为早就忘记了让大脑运转，让心运动，让泪随悲伤而落下。

五

父母终于在晚上亲口告诉了我这个谎言般的事实，我没有任何反应。这时候，我也只能跟着安静的心一起沉默。

"你的亲生父母回来了，想接你走，你……你怎么想？"母亲的话有些哽咽，有点儿小心翼翼。

"你们想不要我了吗？"害怕也不愿被抛弃。

"你是我们的女儿啊，怎么会不要你呢？只要你愿意，我们永远不会抛弃你。"父亲拍着泣不成声的母亲的肩膀，他也舍不得我吗？

"你们当初收养我，全心全意照顾我，真的不后悔？你们怎么不再生个小弟弟或小妹妹？"

"照顾女儿哪会后悔？有你就足够了，我们三人不也很幸福吗？"

"那，我可以不走吗？"为自己的厚脸皮脸红，但同时也为自己的勇敢真诚骄傲。我知道如果今天不讲，这辈子也就没机会了。

父亲惊讶地、会心地笑了，母亲脸上还挂着泪，但嘴唇已是个美丽上扬的弧度。他们一个劲儿地点头说好。是啊，我们三人不也很幸福吗？

六

周日，9点，法浓咖啡店。

我似乎已经养成了偷听偷看这一恶习，再次乔装打扮坐在了父母身后。

"小颜是我们的女儿，所以她不会跟你走。"父亲开门见山，这样子，这语气，酷。

"她是我们的亲生女儿，我们当然要带走她，你们有什么资格阻挡？"对面的女人会是我亲生母亲？一点儿也不像。

"林先生，林太太，小颜不是东西，我们要尊重她，特别是她已经18岁了，有权决定她的父母，而且，是你们当年抛弃了她的。"母亲的口才也不错哦。

"苏良毅，我知道当年对不住你们，可当时我们实在没办法了，我发誓，小颜回来后会好好弥补她的。还有，你们有领养证吗？"这个胖胖的男人是我亲生父亲吧，没父亲帅。

"林勃，当年的事我不会怪你们，只是，别想把小颜带走，我们户口簿上有她的名字，你敢说她不是我女儿？"父亲说完就拉着母亲走了，留下的两人无可奈何。

我走过去，只留下一张纸条，然后跑回家，必须得在父母回家前把这身打扮给换了。

纸上只有一句话："既然你们当初无奈地选择了抛弃我，那么就让我自主地选择我的父母——苏子颜。"

七

1990年，苏良毅与林勃住在一个小院，两人兄弟一般。1991年，林勃结婚，苏良颜也正与缥儿交往。1992年4月17日，林勃妻子生下一个小女孩，取名"小颜"。4个人都非常喜欢"小颜"，苏良毅认了"小颜"做干女儿。

1993年2月，苏良毅与缥儿分手。3月21日，林勃夫妇卷走苏良毅的1万元钱，并扔下这个不满一周岁的小颜，远走他乡，杳无音讯。

苏良毅在背着小颜走遍整个城市都没找到林勃后，决定收养小颜。缥儿得知，回来与苏良毅重归于好。

4月17日，苏良毅与缥儿正式登记结婚，拍下了小颜的周岁照，他们的结婚照以及他们三人的第一张全家福。他们在上报户口时，直接把小颜写成："女儿，苏子颜"。

八

"原来我是你们爱情的催化剂啊，没有我，可就没你们现在的幸福生活了，爱我吧？想想都自豪。"我推掉了周日的所有课程。这两年来，可把我累坏了，周日，可是家庭小聚会啊。

"那是因为我的善良，你妈看见我这么好心地收养了你，便也看到了我善良正直的一面，所以就回来嫁给了我。"

"不是啊，我是怕你委屈了小颜才嫁给你的。你当年可是曾把没泡开的奶粉直接给小颜喝，差点呛着了；还有，你连块尿布也不会换，我是为了让小颜没有生命危险才勉强嫁的。"

"妈，你当年长得真好看，说不定能嫁个钻石王老五呢。对了，下午去买衣服吧，老爸上次跟林勃见面时，穿得也太邋遢了。"

"你怎么知道？"父母的默契又来了，异口同声地问。

"秘密。"我可不想让他们知道我有偷听偷看，其实这不叫虚伪，只是希望自己的形象在爱的人面前能保持美好，当年的父母也是如此吧。

九

有一种爱，不需要关系纽带，责任与爱可以同在，只要用心就能明白，原来幸福一直都在。

原谅时光，记住爱。

——林培源《薄暮》

想念与爱

默 墨

记得林培源在他的第一部长篇小说《薄暮》里的第一句话：一切和母亲有关。

彼时我惊叹关于母亲竟可以写出这么多的文字，读完之后我才明白，他在书中所写的，是母亲的一生。

而我尚不知晓在我降生之前的世界究竟是怎样，也丝毫不了解我母亲所经历过的岁月。我所能描述的，只有我记忆里所经历过的十几年。然而让我难过的是，直到有一天我也垂垂老去了——我对母亲的记忆，仍是只有这单薄且在我尚不谙世事时的十几年。

母亲已经去世一年多了，那时候我正读初中。记得母亲是在我小学毕业的那个暑假里查明病情的。那是个夏末秋初的傍晚，我和父亲坐火车匆匆赶到上海，母亲刚刚做完手术。走进医院之前我突然哭了，当时心里特别害怕。大姐安慰我说没事的别哭，然后她自己也哽咽起来。之后的日子里，我和父亲陪母亲在上海做手术后的一系列检查和恢复，母亲在医院里住了一段时间，大人们轮番陪床。那时候我每天中午从大姐租住的小屋出发，带上做好的饭菜送到医院。

印象中的那些日子十分炎热。我送饭时下了公车还得走一段长长的路，百般无聊又酷暑难耐时就躲在树荫下看来来往往的行人。心里想着等母亲病好了就马上回家。

后来终于回了家，心里竟如逃过一劫似的松了口气。

那时候的我还远不明白癌症晚期究竟是怎样的概念，以为回家之后就可以像从前一样与父母一起过我们平淡又幸福的日子。

开始化疗之后，母亲的头发一点点儿地掉光了。她的脾气也开始变得让我害怕。她总是哭，而且容易生气，像个坏脾气的无助的小孩子。而我既不能分担她的痛苦又无法体会她的恐惧，只有沉默，然后在夜里抱着被子小声地哭。我觉得自己没用到了极点。

化疗结束之后，母亲似乎变得好了一点儿，她不再整天闷在家里，开始下楼和邻居聊天。我记得自己曾在晚饭后陪她去广场散步，我们挤在人群里看小舞台上的演出，之后坐在商店门口的石阶上谈天说地。我记得那时自己感觉已经许久不曾和母亲如此接近。

我与母亲的关系一直不似与父亲那般和谐，她是个很好强的人，希望我们做事做人都尽自己努力做到最好。母亲是个聪明的女人，但从不自私，对人友好。在学习上她并不经常与我交流，却会在我成绩下滑的时候狠狠地批评我。于是我对母亲是一直有些畏惧的，只是那时不懂母亲的好。她一直培养我各方面的能力，教我独立，我很小的时候就带我旅游。她从不反对我读课外书，我能爱好文字也是正因为此。

读初一的那一年，我在杂志上发表了自己的第一篇文章，拿到几十元稿费。汇款单寄来的时候正逢圣诞前夕，于是我用这些钱买了苹果和礼物。平安夜的时候我切开苹果分给家人，并拿了一块送进母亲的房间。那时候母亲的病情已经很严重，几乎无法下床，疾病已经把她折磨得不成样子。她接过苹果只吃了一小块，然后对我说谢谢，就流下泪来。

如今我每想起这些过往，还是忍不住想要掉下泪来。

我还记得在我很小的时候生病，晚上哭闹着把母亲吵醒，她就一直坐着哄我睡着；我还记得她躺在床上信誓旦旦地对我们说，等她病好了，要给我们做一大桌子丰盛的饭菜；我还记得她因为痛苦而无数次尝试轻生，在手腕上留下一道又一道伤疤；我还记得她在夜里轻轻地对我说，妈妈没能看你长大，很遗憾；我还记得在她离开的那个下午，她安静地躺在床上，再也不肯睁开眼睛看看我。而我就一直在她身边，坐了很久很久，直到暮色四合，直到繁星满天。

我还记得在《1995-2005夏至未至》里，郭敬明写道："那些我们以为发生过的事情，其实从来就没有发生过。那些我们以为爱过的人，却永远地爱着我们。"

在你走后的这些日子里，我好像突然老了，或者说是成长！只是我从来没有想过，成长要付出这样大的代价。

前几天下楼的时候，在走廊尽头看见一位中年女子。你知道吗，那个时候我突然觉得是你回来了，我想你终究是舍不得我的。只是在愣了几秒之后，我就被现实硬生生地拉扯回来。

你知道吗？我回忆这些痛苦的事情，只是想把它们记下来，留作纪念。

我只是想告诉您，即使再难过，我也不愿意忘记您。

1-4-3

赫 乔

一

那弯上弦月一寸寸地爬上树梢，影子被路灯拽的漫长得看不清尽头。我知道，是该回家的时候了。

> 鸽子簌簌飞起
> 天阔地远消失了你茶色的眼眸
> 于是指尖划向神经的末端
> 一如这个秋天的凌乱难当

我在你的文档里读到这一段，写于2008年10月30日，是我转学的那天。

我真是喜欢你的文采，真的，记得你替大鱼给小虾写的情书，字里行间可以看得见海洋，那封信的手稿我还留着。你的字啊，还有点蝇头小楷的感觉，趴在数学演草纸的背面，躺在《席慕容经典作品》的第143页。你，可以再问一遍吗？——"143？为什么这页啊？"我还会回答你："哦，这个，是我的幸运数字。""但为什么不是134呢？"我一副讳莫如深的样子，没有回答。

143，你姑且可以将它拆分为一生一世，我那时也是个"相信一切能够万万岁"的人，还不知道这个世界拥有如此磅礴的空间，曾经朝夕相伴的人会天涯各分，且永不再见。那时你也说："以后，一起去西南吧，很多热带植物，枝叶厚而饱满，还有你会喜欢的藏蓝色披肩和古旧的银饰。"眼睛望向天空，想要把目光刻进云里。

初三，16岁，是无所畏惧的年纪。微妙的情感像一罐糖果，贪恋它们的甜，但最终嗓子又疼又涩。在壳子里，很容易跳不出来。

我和梁秋去吃麻辣烫，看他把豆皮海带和蘑菇夹进我的碗里，又把大团的粉丝捞进他的碗里。我闭上眼睛，心底有大片的白色花朵。

总是在玻璃门滤过的阳光下看到你，一个人默默地喝加冰的可乐。当然了，你不知道，在我眼里，梁秋多像你。会弹吉他，会写诗，笑容很干净，瞳孔是纯黑色的，只是要比你更张扬，会在校艺术节上弹唱我喜欢的《白桦林》。极伤感，令我旁边的女生不可遏制地大哭，牛仔裤上大块大块的墨蓝色泪渍让我想起云南。我曾以为你会带我去的云南。

我以为在台上目光清冷地唱歌的人，会是你。

二

转学的那天，梁秋把一只木制的帆船音乐盒放在我手里，船头刻着歪歪扭扭的"remember me"。而你，把一只正红色的丝带系在我手腕上，动作缓慢。我看见你的睫毛如蝶翼，怔惶中，那句"谢谢你来送我"终于被噎进心里。叶子大步上前，抱住我说："记得回来看我们。"我的嘴角僵着，怕眼泪会汹涌地砸湿这一点儿勇敢。

"Bye—bye，我会想你们的！"我跟随妈妈跳上大巴。窗户外，看得见你和梁秋是一个表情，心，一下子暖了。

我现在才知道那一句"Bye—bye"有多残忍，不是"再见"，也没有再见。

我转到的学校有成片的丁香树，乳白抑或浅紫的花，氤氲着郁烈的香气。这里有每天做成册数学练习题的少年，跳很帅的雷鬼舞的女孩，拿文章到广播站去朗读的播音员，在运动场上奔跑跳跃的身影。而且，会乐器的家伙大把大把，而在我们曾生活的小镇，我认识的"人物"只有梁秋和你。在这里，我会觉得一无是处，永远晃在最不起眼的位置。于是会怀念梁秋在节目最后放下吉他一边牵着我的手上台，一边唱着 "来吧，亲爱的，来这片白桦林"，也会想起你不冷不热的表情，送给我你写的故事，待我微笑。

我还是一点点融入了这里，有人喜欢看我在校刊上发表的影评和乐评，有人渐渐喜欢朴树和小野丽莎，广播站开始放德彪西的钢琴曲。我坐在电脑前给下一次班会做关于《放牛班的春天》的课件。我猜，从青色时光的缝隙里，我瞥见色调明亮的未来。然而，我无法预知的是你。

你的事是叶子告诉我的，她在空间里留言："亲爱的，怎么一直不回来啊？想我没？我们都想死你了，秋秋还画了你的侧脸，他的记忆力还真强悍。嗯，你哥的事，也别太伤心了，学校组织给他捐款，秋秋谎报年龄去卖血，你哥的粉丝团都疯了，还琢磨着要去上海看他……"

吃饭的时候，泪把米饭浸得又苦又涩，妈妈轻轻地放下筷子说："他不想让你知道，让我别跟你说，怕影响你学习。"暮光中一抹橘红色，冰凉。

泪流了一夜，梦见初一那年一次晚自习放学，你送我回家，我们一路沉默，听得见彼此的心跳声。爸拿手电晃过来对你说："兔崽子，要死哪儿去？"我闷声闷气地说："爸，是我，我让他送我回家。"这是他们离婚后，我第一次喊他爸爸，却是因为你。他总打你，我都知道。今夜的泪，比那夜的月还要冷。

妈妈说："钱不太够，而且骨髓配型还没找到，你要不要去看看他？"我点头，深深。

"下周去吧，正好是暑假。"我说："好"。

天晴得刺眼，我去邮局把之前的几笔稿费取出来，872元，握在手里，像捧着一颗心。

"哥，我很想你。"

真的，很想你。

三

火车上，妈妈时而默然流泪，我不知说什么，低头给爸爸的手机发短信："爸，我们在车上，明天下午6点到上海。他怎么样？"很久后，短短一句："还那样，我去接你们。"我攥紧手里的冰柠檬糖。小时候，我吵着向你要巧克力，你于是买大块的昂贵的巧克力给我，自己却吃3元钱一大袋的冰柠檬糖，每次我递巧克力给你，你都晃晃手中的一小块亮黄色。我于是吃什么都心安理得。现在我知道了，你不一定喜欢吃，但那一定是你最熟悉的味道。

下车的时候，细雨迷蒙，天空仿佛被灰色的鸽羽所覆。车站的嘈杂里，听见爸爸的声音，我转身，忽然意识到什么，像遁入冰冷的域地，凉透了心脏。他穿着黑衣黑裤，打一把黑伞，抱着的盒子上盖一块黑绸，沉重的颜色刺痛我的眼。爸爸的眼睛红肿着："他，一定要来见你一面。"我看一眼妈妈，什么都明白了。我总是这样后知后觉。

我蹲在地上，不可遏制地大哭，灵魂像被掏空了，因为你的那一角，碎开了。

我连你最后一面，都没能见到。

爸爸告诉我确切的日期——4月27日。

那张我们荡秋千的照片，你面容素净，嘴角上扬，现在被洗成黑白色，贴在盒子上，周围凸起藏蓝色的纹路。悲莫悲兮生别离，我们都背过这一句。

你让爸爸把你葬在上海，灯红酒绿里唯你是静默的。我如今纵使泼三千丈悔墨，乌漆掩不住伤痕，触来仍是刻骨铭心。我一直以为，我前世的恋人不是爸爸，而是你，我们如此相似，都忘不了隔膜，都有点怯怯地望着彼此。

1—4—3，一死生，是庄子说的，你也知道他的《齐物论》。我还记得你的摘抄本第二页左上方村上春树的那句："死并非生的对立面，而是作为生的一部分永存。"你还是我哥哥，只是要等几十年后，再相见。

2010年5月28日，太阳被一只巨大的剔透而犹如彩绸般的光圈所环绕，仰头时眼睛疼痛不已。终于明白你一定在那里。日晕则雨，水光扎向梦里，眼睛涩了，你什么时候来向我索一杯茶？

时 光 机

单 满

妈妈的睫毛

妈妈把学中医的阿姨请来家里，要她为我们看看健康状况，调理一下性情。摊开掌，阿姨说我的掌纹"川"字清晰，是倔强固执认定了什么就八匹马拉不回的个性，妈妈听了连连点头。阿姨为妈妈看，说妈妈的手一看就是很操劳的，指尖干燥，细纹多而杂乱。

过年了，妈妈把家里打扫得干干净净，房子比妈妈还年轻。妈妈从来都想不起给自己添新衣，总说看上的太贵舍不得买，今年也是。大年初一，雪下得紧，我们一家三口裹着去年的旧衣欢欢喜喜地上公园转了一圈，我们去打气球，射飞镖，爽朗的笑声在空气里打转，又被寒冷冲散。然后回家，还是一切照旧。

已经这样过了多年。

妈妈不买化妆品，不上美容院，再加上操心多睡眠质量差，脸上的皱纹早已开出朵朵菊花，肤色暗黄，看上去让人很不忍心。少年时，我总是艳羡别家的母亲，觉得她们或高贵美丽或年轻漂亮，一个个看起来就像人家孩子的姐姐。继而常常抱怨，甚至发火哭泣，为的仅仅是没有一个可以让自己看上去体面的母亲。后来，在碾过的年轮里慢慢成长，为自己曾有过的想法而感到羞愧。但有什么用呢，时光难追，我把抽屉开了又关，也始终没有发现时光机。

年前，妈妈的单位举办联欢。妈妈作为机关干部要上台参加合唱。她排练的时候很兴奋地打电话给我，我正在做题，耳朵贴着电话很没好气，嗯嗯啊啊地应和，但她仍然高兴。她说她要站在第一排，还要拿一束花，唱到"爱我中华——"时"唰"地抽出来，左右摇摆。我觉得幼稚，又觉得这样的妈妈可爱极了，不禁喜笑颜开，寻她开心。我说到时候我去举个花盆，你摇摆完了直接说献给我亲爱的女儿然后插到盆里，怎么样？妈妈说那你来看吧后立即断电了般沉默不语。是的，我怎么会去呢？妈妈早已习惯了女儿的拒绝。不随你去参加应酬，不拉着你的手去见你的朋友，不陪你买菜，不陪你逛超市，不去光顾那个可以让你在一瞬间容光焕发的舞台。

演出完的那个晚上妈妈回来得很晚，我已经睡了，却感觉到她轻手轻脚推开门来到我床前。我忽地坐了起来，妈妈赶忙开灯。

"回来了！"我说。

"嗯，哈哈，我们出了个糗，主持人刚报完幕我就把花伸出来了，大家一看我伸了就都伸出来了，笑得……"妈妈坐了下来。

"呀，那也没关系啊，反正都是单位的人嘛，嘿嘿。咦，你睫毛怎么啦？"我注意到妈妈的睫毛变得又浓又密，不禁伸手去碰。

"别动别动，这是假睫毛，她们非要给我粘，怎么样？"妈妈开心地又摸了摸它们。

"看上去真的好长啊，你第一次粘吧？"

妈妈把假睫毛揪下来，放进我手心里说："你看看，她们都说我化妆起来可漂亮了。那当然，我年轻时也是个美女呢！"

我笑而不语，低头看，躺在掌心的睫毛像一把刷子，刷掉了那么多生活的灰尘。视线模糊了，突然觉得鼻头好酸。

爸爸的肩膀

学中医的阿姨说，掌纹有遗传。爸爸也是"川"，十分顽固。

已经四十出头的爸爸像个孩子般爱闹小脾气，非常固执，听不进别人的话，所以妈妈便生活得格外累了。

妈妈和爸爸经常吵架，为一句话都能吹胡子瞪眼。有时明明是爸爸不对，但他紧咬牙关不放松，想从他那里听一句道歉，比我碰见奥巴马还难。

很多年前，爸爸并不是这样，至少在我眼里不是。那时我还小，白白胖胖，常常骑在爸爸肩上。听不懂柴米油盐酱醋茶的琐碎，听不懂生活的压力，听不懂钱钱钱有多么重要。对我来说，爸爸的肩膀就是世界上最宽阔的地方，是我最忠诚的避风港，无论什么大风大浪，他的肩膀都能永远高扬。我喜欢坐在爸爸的肩上，让他拽着我的两只小手，我们大手拉小手一起漫无目的地走。

他一定是笑着的，我也一定是。即使我还不能完整地说话，但我们都一定是笑着的。

元宵节，街上有花灯，摆成两长溜，从这头到那头暖暖的长龙。拥挤，爸爸让我坐在他肩上，视野一片开阔，妈妈跟在身后，我们从这头移动到那头，津津有味地品着一只只做工粗糙，现在想来不免觉得有些乏善可陈的花灯，但却觉得幸福。现在的元宵节已经不摆花灯了，长长的街上，只有零星的行人。

从这头到那头。

奶奶的硬币

在奶奶家的饭桌上，刚考试完的我埋头吃饭，疲惫不语。奶奶却放下筷子唤我。我抬头，见她小心翼翼地从裤兜里掏出几张折着的花花绿绿的纸。

"嗯？"我接过那些纸，奶奶美滋滋地继续说着："这可是肯德基的优惠券啊，我出去买菜时有人给我的，有了这个就能便宜呢！刚好小满放假了，好好休息休息，晚上去吃吧！"我把它们放在桌子上，说自己没兴趣吃这些。爸爸也在一旁应和，说吃垃圾食品又不是免费的。奶奶不吭气了，饭后把我叫到里屋。

进屋后我有些不耐烦："怎么了？"奶奶拉住我的右手，往里塞了什么。"这是奶奶给你的钱，去吃吧！"我一时有些语塞，不知道该说些什么。这一大把钱被我握在手里，仿佛触到了心底最柔软的地方，只觉得眼眶发酸。

良久，我才回过神般倒吸了口气，把钱塞回给奶奶："我不要。"

"干吗不要？"说完又塞给我。

我又推回去……

一个个硬币，亮闪闪地混着有些揉皱的钱散了一地。奶奶赶忙蹲下去，伸着胳膊用有些粗糙的手吃力地够着散在远处的钱。还絮絮叨叨："人老了，手都握不住东西了，唉……"我不忍心再看，只觉得心里空荡荡地在飘，也没个边儿。我也蹲下去，握住奶奶的手："奶奶，真不用了。"

我这才发现，奶奶真的老了。眼皮耷拉下来，眼睛藏在眼皮后面，都快看不见了。我咬紧牙，扭头拉开房门，外面的灯亮得刺眼。回头看奶奶正小心翼翼地将着钱放回钱包里。我对着她的背影默默说了声，对不起。这时她也转过身来，我看着她，她看着我，目光相融，会心地笑了。

我开始慢慢接受这个事实，没有人能给我时光机。

亲爱的，我们都一样

凄小然

你说我小时候长得像爸爸，长大了却不知为什么越来越像朱元璋了。我反驳你："你是我妈吗？"你说不是。我说："那你怎么知道我小时候像我爸？"你没说话。我又说："你是朱元璋的妈妈吗？"你没说话。我说："那你怎么知道我长得像朱元璋？拜托你，我姓骆，我叫骆金金，是21世纪的无敌青春美少男，可不是什么朱元璋。"你笑了，又笑了，像桃花，没说什么，转身又去干那些似乎永远干不完的家务活儿。我找到历史书，翻到朱元璋的画像照镜子对比……骆金金，你确实像朱元璋，确实越来越丑了。

你不让我看电视，不让我打电话，不让我上网，不让我用手机，"四不"政策在家里雷打不动，而且有待增加。我说："别等我翻脸。"你一脸奸笑："你翻翻试试，我扣光你的零用钱。"说完你就拿起自己的手机玩起了游戏来，而且每天至少5小时"TV时间"，每周至少上3次网，打两次电玩。我找爸爸抱怨："爸，你看看她呀！你也管管她！"爸爸苦笑，"她翅膀硬了……我哪里敢管她呀！"

你是学历史的，历史好得没话说，可我的历史成绩偏偏烂得出奇。你说："重要啊，历史非常重要，历史你要是学不好，以后就没法生存了！"读史可以让人明智，但它能让我无法生存吗？完全没有科学依据。读史可能有用吧——损人有用——你的精辟议论"骆金金似朱元璋说"在社区里早传开了。更狠的是，社区里的大爷大妈见到我都说："啧啧，真的挺像明太祖"，好像他们都见过朱元璋似的。我发誓永远恨历史，永远恨朱元璋。

你缺点很多：贪吃贪玩贪钱，不爱洗脚，最大的乐趣是找我的茬儿。我的优点很少：爱吃爱玩，喜骗人不喜写作业，最大的乐趣是找你的茬儿。家里常常是"烽火连三月"，爸爸经常无奈地说："怎么遇上这两个怪物。可是这个家，你我又带来了多少乐趣呢？你的努力，让这个原本支离破碎的家拥有了欢声笑语，不再乏味。

你病了，爸爸说很严重。每天我只得自己泡面吃。我突然就怀念起你的拿手菜——炒鸡蛋。去医院看过你一次，你小病猫一样蜷缩在床上，我不想看到平时要强的你这副模样，招呼没打就走了。

我想，我长成男子汉了。在你不在的这段时间，我自己学着把泡面变成蛋炒饭，自己学着把脏衣服变成干净的衣服，自己学着把不及格的历史成绩变成满分。

我问爸爸你的情况，爸爸憔悴地说："是有一点儿严重……不过再住几天就没事了。"呵呵，这个"几天"好长啊，你都住了半年了，还没回家。

我向邻居奶奶学做鸡汤，邻居奶奶说："金金懂事了，会心疼人了。"我都19岁了，还不该心疼你一下吗？我抱着那碗颜色味道都不怎么样但我很努力地做出来的鸡汤去医院看你，你的精神好了不少，但还是下不了床。化疗把你弄疼了吧？还有你那几乎掉光的青丝。你喝光了那碗难喝得到某种境界的鸡汤，说这是你喝过的最美味的汤，我把这篇文章读给你听，你笑了，又笑了，像桃花。阳光撒在你脸上，我觉得你是天使。

最后，我对你说："自从我妈过世后，自从你进了我家门开始，我就知道，你会让这个家再次活起来。你只比我大了十几岁，不知怎么的，我突然发觉……亲爱的，亲爱的，我们都一样，都一样地爱对方，一样地爱爸爸，一样地爱这个家，一样地爱生活。我知道，你会好起来的。可是我想，妈，我想要个妹妹，弟弟也行……妈……妈……妈！"

于是我看见，要强的你，和站在门口的爸爸，双眼都有晶莹的液体流下来，滴在我心里。你的泪，像盛开在你脸上的水晶花，在阳光下熠熠生辉。

153

从此尽情飞翔

安　秦

一

　　和你们相处仅仅一年，也许在你们的印象中我就是个不喜欢说话的人。我们从未深交过，在这个班里我从未和任何人深交过。

　　之所以如此坦然地说着过去是因为我已经决定要放下了，再过一年我们就要各奔东西，也许以后再无交集。那么剩下的时光，请让我们相濡以沫。

　　我一直不知道自己缘何冷漠，缘何不愿和任何人相交。3年前的我，风风火火地在校园里横冲直撞，是将喜怒轻而易举地表现在脸上的角色，也会尽力地去完成老师交代的任务，是称得上优秀的学生。3年后的我，安安静静，在群星闪耀里黯淡无光。有时会被挑起来唱歌，但就像被东西哽住了喉咙，再也发不出声音来。那样的自卑是3年前的自己始料未及的。

　　3年的时间可以有多么久远，对我来说仿佛一个轮回。就像自己已经忘了，3年前在众人面前微笑歌唱的自己，拥有的是怎样一种勇气。

　　一切都已过去，亲爱的各位同学们，剩下的岁月里，请让我们在一起，请让我们相濡以沫。

二

　　那是个闷热的夏天，年轻的班主任侃侃而谈时身上仿佛散发着耀眼的光芒，像是遥远的神祇，眷顾着他的子民。

　　就是在那一刻被你吸引，知道你是我们的英语老师，同样知道你是这个学校的团委书记，你的主持完美到无懈可击。

　　我不知道该怎样和你说我对于播音的喜爱，而我也自信自己的声音足以在整个学校出类拔萃。于是在初一演讲比赛时报了名，结果是和另外两名同学争夺参赛的名额。那时你对我说，你的音色很好。这样简短的赞美让我高兴了很多天，因为那是你的夸奖啊，你从来没有夸奖过人的。可是最后你却和我说，让给她吧，明年你也可以参赛的。我默默地点点头，等待来年。初二又报了名，戏剧性的是最后还是和两名同学竞争。你瞧了瞧我，说，你就不能有感情些？

　　我是真的努力了，努力让自己的声音富有感情，努力地去反复练习。可到最后，还是重复了一年前的结局。如果说对于我的音色我是自信的话，那么对于播音和演讲则完完全全是热爱了。为什么你都不会给我机会呢？

　　不可能释怀的，当自己以团支书的身份溜到礼堂看比赛的时候，身边一个已经演讲完的朋友看着台上正在演讲的同学问我，这稿子是你写的吧？我得意地点了点头，然后这个朋友带点惋惜地对我说，你的声音这么好，要是你演讲的话绝对会更棒的。你不知道的是，转过头去，我终于悄悄地红了眼眶。

　　马上就是初三了，初三的时候，我还是会争取这个演讲赛名额。因为我知道追梦的过程注定苦难重重，最后很可能仍旧支离破碎。但我会坚持，这是我的梦想我的追求，哪怕再多阻碍也不为所动。请你相信并支持我！

三

　　是不是女孩子注定是要倾向于父亲的？在你和爸爸吵架的时候，我总是义无反顾地支持爸爸，哪怕他并不是有理的一方，然后轻而易举地忽视你的黯然神伤。

　　我羡慕你的美丽、你的才干。小学时候教过你的老师就曾经当着那么多人的面，说我不如你，说我差你很远。即使我有一张和你相似的面孔我仍旧不如你优秀，我是这么没耐心又这么好强的人，这样的矛盾已经让我不堪一击溃不成军。

幸而有你。你是如此光芒四射的榜样，你告诉我要自信，你说我的女儿又好看又学习好，她怎么可以不自信呢？而且你会一脸忧郁地看着我对我说，你不是得了自闭症了吧？

每当这时我就会不悦地咬着嘴唇或是毫不留情地反驳过去，我根本不好看就只有你一个人说我好看。然后我会看到你黯然地离去，寂寞的背影让我瞥到你的悲哀。

我何尝不痛苦自己如此怯懦自卑的性格？你说过我有不少才华比如唱歌比如播音演讲比如口才，这些需要过人的勇气去演绎才完美，那么现在呢？我只有在一个人孤单的文字里寻找慰藉。

从此以后，我将试着改变自己。也许改变后的自己仍然不出众，但那起码是最真实的我。这样才无愧于自己更无愧于你。

我有一个梦想，我梦想着有一天，会给你和爸爸买上一座别墅，买上一辆高级轿车。这真是俗不可耐的梦想。我却真真切切地想实现。

请你等待它的实现。

四

无论如何都要感谢在我生命里匆匆来去的你们。

感谢否定过我的你们，让我更努力；感谢中伤过我的你们，让我更坚强；同样感谢赞扬过我的你们，让我懂得了什么叫爱。

这个小女孩其实野心不小，她的梦想很宏伟很遥远。就像有个人写过的那样：在冰冷的湖水里，蜕变成万人景仰的传奇。

从此尽情飞翔。

军训故事一箩筐

米米牙

军训很神圣

军训第一天，我还是思想简单的高一新生，心中的军训无比神圣，对教官也是无比崇拜。话说当时20个教官列队而出，我们发现那个最高最黑最帅的正向我们班的方向正步走来，心情煞是激动。

据估测，当天的气温有38度，太阳出来后，水泥地面被晒得发烫，滚滚热浪扑面而来，我感到自己像天然状态下的烤鸭，外焦里嫩。

训练项目不多，军姿、稍息、看齐、原地转、跨立……但是说法却很多，我眼皮一翻，对这么多清规戒律嗤之以鼻却不得不遵守。前15分钟，我站得英姿飒爽雄姿英发心中充满了当军人的自豪感；后10分钟，肩酸，腿软，头晕，心想：这云彩都哪去了该出来的时候不出来一点责任心都没有；最后5分钟基本失去知觉，不小心便会跪倒在地，完全没了自豪感。其实啊，其实我只是祖国脆弱的小花朵啊！

鸭儿鸭

教官的普通话很好，只是一喊口号，不管那一口普通话多么流利，1—2—1出口便成了"鸭儿鸭"。第一次看见满脸严肃身姿笔挺像模像样的教官声嘶力竭地喊出一句"鸭——儿——鸭"时我扑哧便乐起来，那情景太好笑。正笑得心情大爽一抬头便看见教官阴沉的脸，那挂在嘴边的残笑便被我迅速地咽了下去……后来经我推测，这是教官们的通病，一定要喊成"鸭儿鸭"才有气势吧？

内务，内务

整理内务是军训的经典内容之一，我们寝室就曾在一天之内被下了3张罚单。什么拖鞋不齐啦，床上落下个闹钟啦，地上有点儿水啦……管寝室的女老师便会以迅雷不及掩耳之势刷刷刷地纪录在内务条上，绝对的清廉，铁面无私。当全寝第三次上讲台检讨时，小麦实在忍不住了，脱口而出："大妈没说过拖鞋要摆成平行线啊！"而后发觉不对，全班寂静了3秒，很多人强忍着笑，继续保持严肃的面容，以迎合当时批斗会的场面。教官更是抿着嘴，幸灾乐祸地看着我们。小麦调整情绪，说："寝室老师批评得对……"而我在愤怒、悲痛以及爆笑三种情绪的夹击下，表情怪异无比（事后听同学所描述）。老师叹了口气，宣布第二天参观教官寝室，给我们这群小P孩洗洗脑。

话说教官寝室中不仅被子叠得像豆腐块，连抹布都叠得像豆腐块！我手捧抹布目不转睛端详了整整5秒钟，不禁由衷地感叹道——艺术品啊——同时想到了自己豆腐卷一样的被子，心中惭愧万分。可是转念一想，起码同属豆腐吧，好歹有点相似之处，心中顿时明朗许多。回到寝室，8个姐妹齐心协力，里里外外进行了工程浩大的扫除工作，自己很满意。不料教官和班主任来检查，仍是一句表扬没捞到，教官接连发出各种感叹词——天哪！妈呀！唉！无奈亲自示范叠被子。只见他得心应手地摆弄着我的被子，自信满满地传授技巧："这里，四等分，中间要留距离，用手压出印记……"我面容乖巧点头应和，心中愤愤不平，天天叠个被子10分钟，简直是浪费青春，何况叠了也得拆开，拆开了还得叠，叠叠拆拆无穷尽也……最后豆腐块成型了，却没有教官寝室的那么棱角分明，教官笑笑说："你们啊，被子太软了，只能叠成这样了。"我怀着崇敬的心情，一晚上没有盖被，给了豆腐块一天一夜的生命。

158

一起拉歌吧

军训是一定要拉歌的，拉歌前当然要先学歌，因为我们没有磁带，只能听教官扯着破锣嗓子给我们唱。还记得当时的情景——我们训练了一天，身心疲惫，其实这时候什么都不需要，只需要安静，睡觉。偏偏学校要求我们学军歌，于是我们歪着身子，撑着眼皮，目光呆滞地盯着教官。教官清了清嗓子说："啊，那我就先唱几首吧，你们选两首学。"我们打着哈欠作为回应。一首，两首，三首……教官自我陶醉中，演唱完毕，他长吁了一口气，满怀期望、目光灼灼地问我们："学哪首？"我们一致大喊："不学！"教官当即双手扶墙，一脸伤自尊的样子…… 其实凭良心说，教官唱得还不错。后来我们还是学了《团结就是力量》、《军中绿花》、《打靶歌》，但是唱军歌有个荒谬的规矩，不听调子，只听响度。可苦了我们天天嚎得嗓子冒烟，仅有的一点音乐细胞都被磨灭了。

训练时通常是一个班一块地盘，偶有外班来挑衅，将外交辞令诸如"1234567，我们等的好心急"、"冬瓜皮西瓜皮，你班不来耍赖皮"云云喊一遍，然后两班对嚎一首，再互敬一个军礼，算是建立了革命友谊。

最后在全学年的拉歌比赛上，我们唱了班歌和《团结就是力量》，凭漂亮的军姿和响亮的歌声勇摘桂冠，也算是给这段轰轰烈烈的练歌生涯画上了一个完美的句号。

第六部分

与你一场南柯梦

  原来一切都只是梦，是的，这只是一场梦。我并没有一场轰轰烈烈的爱情，没有那些奋不顾身。一切的一切，都没有发生过。

  在年少的时候，我们会做很多的梦，等到老到我们都只剩下回忆的时候，这些又何尝不是幸福，所以我决定为自己寻觅一场轰轰烈烈的感情。于是我狠狠地摇着阿路的胳膊，告诉她："我——要——追——林——白。"……

  一转头，是的，我的林白就在那里，他白衣楚楚地站在那里，红着脸，似笑非笑地望着我。果真就如张爱玲说的那样，没有早一步，也没有晚一步。于是，我和林帅哥打了一个甜美的招呼："原来，你也在这里啊。"

——季义锋《与你一场南柯梦》

鱼的寂寞很多年

明　言

19岁的海岛

19岁那年夏天，姜果把自己丢到一个几乎与世隔绝的北方小岛上。那里有干净的天空，清凉的海风，清澈的如同纯净水的海水，还有成双成对的海鸥。

小岛是个边防岛，很偏僻，没有居民，只有不足100人的部队军营。堂哥在岛上当兵，姜果才得以来到这里。

姜果来到这里以后，日子过得很舒心，堂哥把他两居室的家属房让给姜果住，自己搬去营部跟战士们住在一起，并为姜果准备了三箱饮料和很大一箱子零食。笔记本电脑里下满了电影，书桌旁的抽屉里还有一大摞DVD。到了吃饭的时候会有堂哥的小通讯员按时送来丰盛的饭菜，蔬菜、鱼肉还有海带汤，那海带汤味道很淡，但是很清新，装在一个不锈钢盆里足足大半盆。姜果常常感慨部队做事真是大手笔，那些饭菜姜果从来都吃不完，很多时候只动几筷子，剩下的都拿去喂岛上的野猫了。但是那盆汤姜果很喜欢，吃完饭后就抱着那盆汤，一边喝一边看电影。

安逸得过分的生活很快就把姜果驯化成了一头小猪，小懒猪，小馋猪。每天睡到自然醒，起床洗刷之后，抱着零食蹲在椅子上面看电影，悲剧喜剧言情恐怖。姜果看得哭哭笑笑、笑笑哭哭，最后只剩哭，因为不经意间想起了那些躲避不了的现实。

小白有时间的时候会来陪陪姜果，他说总是待在室内不活动会很不健康，于是拖着姜果去爬小岛上的山。山不高，路却很陡，所以堂哥从来不允许姜果一个人爬，而小白又不总是有时间，所以一直到离开，那山，姜果也只爬过一次。

看腻了电影，吃饱了零食，并且没有小白陪伴的时候，姜果就会顺着海边长长的鹅卵石沙滩散步，细带凉鞋拎在手里，光脚踩在那些圆润的石头上，看清澈的海水在脚趾间躲来藏去，耳朵上挂着耳机，但仍有海浪的声音清脆地在耳朵里回响。

姜果就在那时候遇见了鱼。

吐泡泡的鱼

海岛的东南是悬崖，悬崖上方凌空探出一块，呈半月形，时常会噼里啪啦地往下掉石头，溅起大片浪花。堂哥跟姜果说那里千万不可以去，但是那里的风景实在是美得诱人，而姜果也不是那么听话的女孩子，于是小心地踩着鹅卵石绕到了悬崖下面。

悬崖下面有很多从上面落下的碎石，它们还没有被海水侵蚀得面目全非，走在上面有些硌脚。

正在姜果眺望风景的时候，有一个突兀的声音响了起来："嗨！你好！"

姜果吓了一跳，环顾四周却并未发现任何身影，那声音就又响了起来，"你好啊，我在这里。"

姜果很快明白自己是绝对找不到任何身影的，因为同自己说话的是一条鱼。

鱼在一个浅湾里，很小很小的浅湾，小到鱼能在很短的时间内游一个来回。这绝不是因为鱼的速度快，事实上鱼很胖，它有大大的肚子，胖胖的头，行动缓慢。

姜果蹲下来看着鱼，发现鱼在不停地吐着泡泡，当泡泡挨到水面破裂之后，姜果就能听到鱼的话。姜果很好奇，她问鱼："你会魔法，对不对？"

鱼不回答，而是给姜果讲起了它的来历，鱼说那是一场突如其来的暴风

163

第六部分 与你一场南柯梦

雨，鱼当时正在兀自吐着泡泡玩儿，完全没有注意到其他的鱼类已经潜入到海底以躲避这场灾难。它们把鱼遗忘了，没有谁来提醒一下倒霉的鱼。一点儿防备也没有的鱼很快就被携到浪里，卷到风中，颠沛流离，头重脚轻。在不知道多少次的巨大冲击中，鱼彻底昏死过去，醒来时已经在这个浅湾里。

"我本想在涨潮的时候离开这里，可是我在这里寂寞了很多年，潮水从来没有涨到这里。"鱼说。

姜果笑，笑鱼的老气横秋，笑得前仰后合一屁股坐到水里，沁凉的感觉顺着脊椎直达大脑。姜果说："鱼你好笨！别的鱼都躲开了，为什么就你躲不开？"

鱼气得涨红了脸，气泡吐得大了好多："那是因为他们都孤立我！他们没有一个像我一样泡泡吐得这么好，他们的泡泡也不像我的泡泡一样会说话。"

姜果想起了自己，突然间笑不出来了。她把左手半握拳凑到左耳边，静静地听海风呼吸的声音，悠久而绵长。

小白是很好很好的人

姜果再去看鱼的时候，带上了最爱的零食。鱼不吃薯片，它说那东西融化到水里会弄脏它的家——鱼已经把那个小浅湾当成了自己的家，但是鱼钟情于牛肉干。鱼问姜果，这些东西是哪里来的？它在这里待了这么久，从来没见过岛上有这样的食物。姜果告诉它，是哥哥让小白准备的。鱼又问小白是谁，姜果想了一会儿，她告诉鱼，小白是很好很好的人。

小白是姜果堂哥手下的一个排长，小白其实不叫小白，只是因为姜果第一次看见小白的时候惊讶于他白皙细腻的皮肤，干净得不像一个长期在岛上训练的军人，倒像是一个腼腆的爱情诗人，这让天生肤色偏黄的姜果很是嫉妒，于是干脆让他跟蜡笔小新的那条小狗共享一个名字。这样一来，他原本的名字就不那么重要了，姜果也没问。

岛上交通不便，只有一艘运送物资的军船每半个月来一次，运来淡水、

食物和生活必需品，并维持着小岛与外界的联系，若遇上天气不好，则还会晚上那么几天。战士们不能随意离开小岛，小白恰巧要出岛办公事，堂哥便托小白为姜果准备了很多零食。

姜果常常会看着那箱零食想，小白一定是很会照顾人，他挑的零食全是小女生喜欢吃的，连薯片的牌子跟味道都挑得刚刚好。

这些事鱼不懂，它只知道牛肉干很好吃，并期待姜果下次会带来更好吃的东西。

第六天的故事

姜果开始每天花大把时间来找鱼聊天，她给鱼讲有关自己的故事。

第一天，姜果给鱼讲自己高考落榜的事，而她很喜欢的那个男生考上了很好的大学，然后他就跟姜果分开了，独自一人奔向他的大学梦去了。留下自己一个人来这个小岛疗伤。

听这么煽情的故事鱼居然咯咯地笑得肚皮翻白，鱼说："你很傻，年少时随口说下的承诺能信么？"

姜果点点头说："是啊，我知道其实他做的没错，我没资格指责他，可是他走了我总是很不习惯，以前我哭的时候他总是塞一块糖果给我，跟我说吃了糖果就不许哭了。我不知道他的口袋里为什么总有那么多糖果，我想吃糖果于是总是哭，可是突然有那么一天，在我哭的时候他没有像往常一样给我糖果，我才终于醒悟过来，原来那个对我很好的人，他不在了。"

鱼吐着泡泡，摆摆尾巴说："傻瓜，他离开你，并不一定是厌恶你，只是不再那么喜欢你了。"

第二天，姜果跟鱼说，其实她也很孤单，在学校里总是被人孤立，因为是花钱转学进的那所重点高中，所以被人看不起，只有他肯照顾她对她好，所以就愈发地珍惜，可是再珍惜，也还是失去了。

鱼说："自己一个人也没有什么不好啊，你可以学学我，做一条特立独行的鱼！吐着自己独特的泡泡，说自己独特的话。"

165

第六部分 与你一场南柯梦

姜果疑惑地看着鱼："这样可以吗？"

"当然可以啊，"鱼说，"你知道吗？我不喜欢跟其他的鱼说话，因为他们听不懂，事实上我也听不懂他们的话，所以我一直在寻找，寻找一个能听懂我说话的鱼或者其他生物，然后我就遇到了你。"

第三天，姜果给鱼讲岛上的那座山，她说站在山顶可以看到压得很低的云，它们纠缠上山巅就化成雾蔓延向山脚，很壮观很好看。鱼大口吞食着姜果带来的零食，顾不得搭话，姜果看看鱼肥大的身躯，犹豫着要不要劝它减肥。

第四天轮到鱼给姜果讲了一个故事，鱼说："你看到那只海鸥了吗？"姜果抬头，看见远处一只落单的海鸥站在一块礁石上，伸长脖颈叫得声声啼血声嘶力竭，它身后的大海广阔无垠，愈发衬得海鸥渺小。

鱼说："那只海鸥跟我一样寂寞，她找不到她的伴侣了，我告诉她若是孤单，我可以陪伴她，可她不肯，因为她不懂我，我也不懂她。"

第五天姜果来得有点儿晚，红着眼睛，这让鱼很奇怪，因为鱼不会红眼睛。

"我今天看见小白的女朋友了，"姜果说了一句，眼泪就忍不住了，她一边哭一边说，她说原来小白是有女朋友的。她说他女朋友是硕士生，而自己却连个二本都没考上。她说鱼，你知道吗，小白长得很像跟我刚分开的同学，很像很像。

鱼游来游去，吞噬着姜果的眼泪，然后嘟囔一句，不好喝。

第六天的故事……

没有第六天的故事了，第六天那艘军船姗姗来迟，堂哥催促着姜果收拾东西，错过这一班船就又要等15天，那样就会赶不上复读班的开学时间。

于是姜果连跟鱼打个招呼都来不及，匆匆地坐上了船。船发动的时候，姜果趴到船尾，在船尾的黑气中望向悬崖的方向，一直望一直望，直到悬崖化为一个黑点，直到连黑点也看不见。

姜果蹲在甲板上，两眼出神地望着那里，想鱼是不是在等待自己的到来。

19岁的海岛，找不到吐泡泡的鱼

复读是怎样艰辛的过程，薆果不想提也不敢提，都是些兵荒马乱的恐怖岁月没啥好说的。

高考一结束，薆果就打了一个包把自己丢到岛上看鱼，彼时堂哥已经调离海岛，无奈于薆果的执着只好花高价租了一艘游艇。上游艇的时候船老大一人递了一件救生衣。薆果皱眉："有这个必要吗？""穿上吧！"船老大说，"今上午还有个人颠到水里了！"

薆果吓得一哆嗦，咬牙上了快艇。船老大说得没错，快艇确实很颠簸，颠得薆果五脏几乎要移位，可薆果顾不得这些，她只是在想，鱼还在吗？鱼过得好不好？鱼还记得我吗？

船越靠近小岛薆果越是心慌，靠岸的时候薆果一把抓住船老大的手臂，一阵猛摇："你是不是走错路了？不是这个岛，不是啊！"

船老大一脸无奈："这就是你说的那个岛啊，我在这片跑了这么多年了，怎么会错？"

"那悬崖呢？我要去的岛上有个悬崖的啊！"薆果几乎要哭出来。

悬崖没有了，变成了一片平地，岛上的战士说，去年冬天的时候，悬崖上方突然塌了下来，上级干脆决定把那里整成平地。

薆果傻傻地站在码头，茫然四顾怅然若失。堂哥问薆果怎么了，薆果于是给堂哥讲了鱼的故事，讲完之后说："我只想鱼能天天陪我说话，如果当初我把鱼捧出浅湾放回大海，结局是不是就不会这样了？"

堂哥揉揉薆果的脑袋说："傻丫头。"

薆果的鼻子一下子就酸了，她想起鱼说过类似的话，它说傻瓜，他离开你，并不一定是厌恶你了，只是不再那么喜欢你。它还说我一直在寻找，寻找一个能听懂我说话的鱼或者其他生物，然后我就遇到了你。

在薆果19岁的海岛上，有一条鱼，它说它在那个浅湾里，寂寞了好多年。

盛夏的逃离

莫小莫

夏天到来的时候，我总习惯去补习班补课。我家住在西桥尾，而补习班坐落在桥头，中间只隔着几棵大树，还有一条长着斑马线的马路。我只需在阳光炽热的午后，撑着伞，背着书包，从桥尾走到桥头。那时候，10分钟的路程总让我走得悠悠然然。

这是个新的补习班，我在台上说我是陈天夏，然后就慌张地跑下台了。正当我不知坐哪儿的时候，排骨妹向我招了手，"嘿，小夏，这边。"

排骨妹是我的同桌，戴着眼镜，很瘦很瘦。你想掐她的时候，都会找不到肉让你掐。她是典型的乖乖女，上课时，几乎没有什么东西能转移她盯在老师身上的目光。我就是在她的影响下视力开始变模糊的，上课时总要戴眼镜，而且戴得偷偷摸摸的。我发疯似的在38度的夏天把长发放下来，它几乎快淹没了我整张脸。这正是我想要的。就在我偷偷摸摸地听课时，一团砸中我脑袋的纸团让我认识了顾小枫。

我低着头避开老师犀利的目光，剥开了被捏得皱巴巴的纸团，纸上弯弯曲曲地出现了几个字：陈天夏，你戴眼镜的时候真难看。

我迅速地摘下眼镜，眯着眼睛四处张望，其实我看到的只是些模糊的影子。于是我重新戴上眼镜，突然看到右手边有一个男生露着小虎牙灿烂地笑，很无邪的样子。我突然就摘下了眼镜，把纸团扔了回去，正中他的眼睛，他捂着眼睛一下趴在了桌子上。

我暗暗地发誓，从此即使眼睛瞎了，陈天夏也不要戴眼镜！于是，每天我桌子的抽屉里都塞满了眼药水，每当排骨妹往我眼睛里滴进大滴大滴眼药水的时候，我的世界就一片冰凉。我总是在想，我很快就又能清晰地看见这个世界了。

至于那个顾小枫，我总是想起他的小虎牙。

周末的时候，我常躲在家里，做完学校和补习班布置的大量作业，剩余的时间我就在网上查保护眼睛的方法。我把所查到的资料都发到了我的博客上，希望过往的朋友都能好好保护自己的眼睛。

我的博客上总会有一个叫"珍视明"的网友给我留言，他总是说你要好好保护眼睛。我自然地就想到了顾小枫。顾小枫的名字是排骨妹告诉我的，他和排骨妹是同学。每当我想起他那张纸条上爬满的那几个难看的字，我就恨得牙痒痒的，顾小枫，你没资格评论我的长相！

三星期后补习班的第二次测验，我意外地排在了排骨妹的后面，而顾小枫被我一脚踢得远远的。我有一种说不出来的得意感，上次我整整差他10名！我眯着眼睛瞪了一下顾小枫，可却没遇见他那露着小虎牙。他正低着头在默默地改他那张被红笔圈得血淋淋的考卷。我突然就觉得我很残忍。

排骨妹说小夏你行啊，都快赶上我了。我揉了揉眼睛，伸出手拍了拍排骨妹那瘦骨嶙峋的肩，我说陈天夏要天天向上啦。

再次回到我博客的时候，很惊奇地发现我的留言上没了那个"珍视明"的影子。我有一种说不出的失落。我翻箱倒柜地找"珍视明"的资料。很意外地找到了他的QQ号，然后加他，我说我是陈天夏，你是谁？他说我是顾小枫。果然是他。我匆忙地下了线，不知所措。

我的眼睛在我的精心呵护下一天天好转，当医院里的医生告诉我视力已经恢复正常了的时候，我欣喜若狂，或许我应该感谢顾小枫，是他拯救了我的眼睛。

我上线告诉他，说谢谢你的忠告，我的眼睛已经好了。他说没什么。接着他的头像在一瞬间黑掉，我又再一次地不知所措了。

第二天到补习班的时候，我习惯地望了我右手边的位置，可我的眼睛很明确地告诉我，上面坐的不是顾小枫，而是一位新转来的学生。顾小枫呢？排骨妹告诉我，他们一家移民了，去了那个有樱花的国度。我笑了，这小子居然去投靠日本了。

放学的时候，我打着伞，背着书包，把脚恶狠狠地踩在桥上，脚下的影子在桥上摇摇晃晃。10分钟的路，我踩得仿佛像一个世纪那么漫长。

　　再见顾小枫。

　　7月末端，残阳如血。陈天夏在桥的这端想念桥头的那段青葱岁月。顾小枫在大洋的那端想念停靠在8月的似水流年。刹那间，一眼万年。

爱上无尾猫

苏　雯

陈泽永远也不会知道，我把拉达弄丢了。

一

拉达是一只没有尾巴的猫，很多人说它难看不愿意收留它，可拉达依旧高傲地昂着头，尽管它已经饿得皮包骨。我在这只猫高傲的眼神中瞥见了一丝绝望。大冷天的天桥上，谁会收留一只流浪猫？围在旁边看热闹的人很多，有人甚至抱怨，没有了尾巴的猫就不是猫了，何况还长得这么奇丑无比。

陈泽很善良，他抱起拉达拉着我突然冲出了人群，好像是我们偷了人家的猫似的。我们狂奔在路上，一路的冷风直吹，拉达喵喵直叫。我似乎可以看得到背后天桥上的人脸上写满惊讶。

我们抢了一只猫，这可不是闹着玩的，而且还是一只没有尾巴的猫！我跟陈泽商量要不要把猫给抱回去，说不定这是公安局长家的呢。陈泽说不怕，有我呢。

陈泽把猫寄放在我家，每天都会来看它。拉达这个名字是陈泽取的，连名带姓都有了。我们都叫它拉达，它不听话的时候妈妈就会连名带姓地叫它。例如我们吃饭时它跳到饭桌上来，妈妈就会拍桌子说：陈拉达你不乖了啊，然后拉达就会灰溜溜地跑回它的小窝。

陈泽家与我家只隔一堵墙，他可以每天很轻易地翻过墙来看拉达，而不用再绕行一条弯弯的小道。这让我想起小时候，我们会一起在院子里玩跳房子，或者搬小石块来盖房子。那时我问他：盖好的房子能住人吗？他总回答，笨蛋，这连你的大脑袋都装不下。那时候邻居家还有一个与陈泽一般大的男生，叫苏启然。大多数时间他都会静静地在旁边看我和陈泽玩，偶尔说几句话。当陈泽骂我笨蛋时他会像小大人般说，姚安以后我盖大房子给你住。我一直记得这句话，只是不久之后院子里再也见不到苏启然静默的身影。陈泽说，姚安你不知道吗，苏启然他们搬走了。

陈泽与我一直待在这个南方城市，并迅速成长着。我仿佛能听得见他的成长，像春雨过后迅速拔节的竹子一样发出的清脆声响。高中之后的陈泽不再随意牵我的手了，除了那天晚上在天桥遇见拉达。他长我一岁，开始以哥哥的身份照顾我。我逐渐意识到他再也不是儿时那个带着霸气且无知的陈泽了。如今的他已然长成一个俊朗的少年，高大的身材可以让他毫不费气力地翻过院子里那堵高高的围墙，且成绩优异。而我依旧是个平凡的女生，齐耳的短发，五官像是没铺展开来，平淡无奇地寄生在脸上。

二

渐渐地，院子周围的人都知道了那个长得并不漂亮的姚安家里有一只世界上最为丑陋的猫。它没有尾巴，皮毛稀疏且卷曲，瘦得皮包骨，一双大大的绿眼睛像是一潭死寂深邃的湖水，仿佛经历过了一场不为人知的灾难。

拉达十分懂事，每天只固定待在它的小窝里，静静地望着窗外，像个懂得思考的孩子，沉浸在自我的世界中。我越来越喜欢它，也越来越喜欢陈泽抱拉达时候的样子，很温存。

陈泽说，就像米兰·昆德拉在《生命中不能承受之轻》里提到的那样，我们与拉达的相遇就像是顺着命运之河而下的篮子里的婴儿被顺手拾起，无意中注定，然后等待生活给予我们未知。

未知就是你想象不到的事情。渐渐地陈泽会带着一个女生一起过来看拉达。她叫鲁西，美丽光鲜得如她的名字。高挑的身材，披肩的乌黑长发，浓眉大眼。拉达似乎很喜欢她，任她抚摩身上稀少的毛发，圆圆的绿眼睛直盯着鲁西看。我在旁边细致地观察着，陈泽看鲁西的时候眼里流露的尽是无限的温柔。

周末时我们会一起带拉达去海边，吹凉爽的海风，看湛蓝的海。拉达与我们在沙滩上嬉戏。鲁西的长发像是被海风吻过一般，散发着迷人的味道。陈泽的目光还是追随着她。

我喊陈泽，我们一起玩跳房子好吗。陈泽说，姚安你都多大了还玩跳房子。于是我抱起拉达去找小石块，在沙滩上画线条，一直延伸，看能不能回到很久之前，那时候调皮的陈泽只和姚安一个人玩。

三

第二年春天，拉达生了一场大病。本来就稀少的毛发在一夜间全部脱落，全身通红，脆弱得像刚出生的猫宝宝。陈泽来看它时哭笑不得，说，陈拉达你不害羞啊，要赶快好起来，不穿衣服不行啊。鲁西在旁边咯咯笑。

拉达这个可怜的小东西，努力地移动着身子要靠近陈泽。陈泽弯下腰将它抱了起来，把全身瑟瑟发抖的拉达紧紧拥在怀中。拉达用它几近不能睁开的绿眼睛默默地注视着陈泽。我看见鲁西转过头用袖子偷偷地拭去了眼角的泪水。这让我意识到鲁西不光有着美丽的外表，还有一颗善良的心。陈泽喜欢善良的人。

拉达的病持续了两个月，期间很少能吃得下东西。它的绿眼睛凹陷，整个脸部轮廓显得狰狞，身子越发瘦小。常常一天内在它的小窝里一动不动地待着，像极了一个理智的老者，等待死神的到来。

妈妈三番两次叫我们放弃拉达，我一直坚信着拉达是个勇敢的小猫，会挺过去的。陈泽也坚信着，并带着它四处找宠物诊所。可是拉达的病情还是毫无转机。

我在9月份正式升入高二，陈泽与鲁西进入了高三冲刺阶段。很少有时间一起照顾拉达了。神奇的是就在我们要置拉达于不顾让它自生自灭的时候，它的病突然好了起来，重新长出了毛发，并不似以前的稀疏和卷曲，越长越长并越发浓密起来。一双大大的绿眼睛也变得炯炯有神。拉达成了一只漂亮的小猫。唯一没变的还是没有尾巴，但我们并不因此觉得滑稽，拉达是一只十分坚强的无尾猫，至少在我和陈泽看来。

四

上下学少了陈泽陪伴我显得有些孤单。之前齐耳的短发开始疯长，毫无光泽的长发始终不如鲁西的好看。

我常常在一天里长久地坐在座位上发呆，或者到窗户旁看窗外的风景。想看看近视的眼睛能不能捕捉到对面那栋红色教学楼里陈泽的身影，即便是他与鲁西亲密无间的身影。

就在我陷入沉思的间隙，有一双修长白净的手摸了摸我的头发。

我一惊，是班上的林晓，平时我很少和她说话。她成绩优异，相貌清秀，在班里很有人缘。

林晓说，姚安你的头发怎么好像一夜之间长长了许多呢。

我看着像大姐姐一般的林晓笑了笑，紧握住她的手。

在接下来的日子里，我与林晓成了形影不离的好朋友。她在周末与我一起照顾拉达。我们也去看海，在沙滩上嬉戏玩闹。我与她说很多的故事，故事里有陈泽，有拉达，还有美丽的鲁西。我从背包里拿鲁西的照片给她看，她突然拉着我开始疯跑，说姚安你也可以的。

我们穿越过海边喧闹的街市来到理发店，她让年轻的理发师把我的头发烫直，剪出一字刘海。然后把我带回她家，在她的大衣橱里挑合身的裙子。我穿着裙子一路别扭地摸着头发回家，妈妈在看到我时惊讶地张大了嘴巴，拉达很开心地跳到我怀里，我激动地抱了抱身旁的林晓。

五

我一直期待着陈泽能看到我的改变，可他已经快一个月没有来看拉达了。拉达每天都会到院子门口张望，绿色的大眼睛里布满期待。我又何尝不是如此。

林晓对我说，姚安你要坚信，如果一个人的心里住着另一个人，那么她就会越发得美丽，这是一位女作家说的。我有什么理由不相信呢，我亲爱的林晓。

望着偌大的院子，我又想起了小时候一起玩闹的伙伴。除却陈泽淘气的身影，我似乎还惦记着一个沉默的背影，以及那句"姚安以后我盖大房子给你住"。

长久以来我都是个怀旧的人。这么多日子以来，在拉达身上我们领悟到了世间的冷暖、坚强以及永不言弃。可林晓总是说，亲爱的姚安，上帝在关上门的同时总会在某个地方为你留一扇窗的。

六

果然上帝很快就要关闭他的大门了。高考前的一个晚上，陈泽与我在院子里说话。显然他并没惊讶我的改变，只是轻描淡写地说，姚安头发什么时候变得那么长了。接着他说已经决定和鲁西在一起，无论多久的以后。他觉得鲁西就是那个他一直在找寻的人。

我一直沉默着，直到拉达跑出来跳到我怀里。我把拉达给陈泽抱，说，要记得拉达，是它给予了我们一切的冷暖，还让我们懂得了许多。

陈泽笑了笑，矫捷地翻过城墙，之后黑暗笼罩住了我。

七

6月过后，陈泽与鲁西双双考上了北方的大学。临行前鲁西友好地抱了抱我，陈泽拍了拍我的头说，姚安明年6月加油，还有照顾好陈拉达。我忍住要夺眶而出的泪水拼命地点头，然后看他牵着鲁西的手走进人潮，直至消失在我的视线里。

我不敢跟陈泽说其实拉达已经丢了，在我知道他要与鲁西永远在一起的那个晚上，我抱着拉达在天桥上看风景，它突然在我怀里死命地挣扎，之后抓伤我的手逃掉了。我不知道它要逃去哪里。它是否也在悲伤，它的主人即将起程去很远的地方。那一刻我无比绝望，我所喜欢的人与物都以他们的方式各自离去，剩我一人在黑暗中像只孤独的兽独自舔舐伤口。

八

繁忙的学习生活始终还在继续。周末时我常和林晓在天桥附近寻找拉达。我十分想念它。

林晓想了个办法，在纸张上画拉达的样子，写上寻猫启事，落款是"爱拉达的姚安"。然后把它复印成好几份，张贴在天桥附近的城墙上。

一个阴冷的雨天，我冒雨回家，突然在院子门口看见了一个高大的男生，怀里似乎还抱着什么东西。

"姚安。"他叫住我。

我怔了一下，他怀里抱着的分明是我日夜想念的拉达。

我抬头看着眼前这张似曾相识的轮廓。

"姚安，还记得我吗，我考上了这里的大学，所以就回来了。"

我从他怀里抱过拉达，起先拉达有些不情愿，最后还是温驯地依偎在我怀里。

我笑了，看着眼前这位故人。

怎么会忘呢？你是10年前那个在听到陈泽骂我笨蛋之后站出来，挺直了身子，双手叉着腰，像小大人般扬言要给姚安盖大房子住的苏启然。

与你一场南柯梦

季义铎

遇见你

遇见你的那个雨天，实在不很精彩。我第一眼看见你的时候，你很衰地被人打倒在地上，白衬衫上都是泥。阿路和我挽手走过去的时候，我听到阿路说那些人都是年级的渣滓，专以欺负人为乐。我同情地朝你看了看，你并没有白皙的皮肤，好看的脸。不是每个故事都有强悍的女侠来拯救王子，当然，我不是个女侠，胡晨晨只是一个平凡而又骄傲的女生，会拿骄傲的分数，但与世无争，所以我并没有像超人一样地出现在这一幕。

我和阿路静静地从学校走出来就去看了场电影，电影很老，我轻易地昏昏睡去。朦胧中听见女主角的对白，她说："你也许不漂亮，不美好。但我爱的人只是你一个，和你的这些日子，就如同南柯一梦，梦醒了，什么都不见了。"

我很寒很寒地搂了搂自己的胳膊，一边感叹这个恶俗编剧丰富的想象力，一边把阿路拽出电影院。天空刚刚暗下来，星星轻轻地亮着。阿路无限陶醉地说，那个电影真的不错，男主角真是痴情，于是我看着阿路的粉色发卡嘲讽地笑她，阿路反应过来追我来打。我们闹累了，坐在淮海路的奶茶店门口看来来往往的人群，阿路突然对我说："晨晨，今天那个被打的男生其实挺好的，可惜总被欺负。"

第二天就是高一第一次大考的表扬会，我没有等阿路就早早地来到学校，我在后台像背台词一样地背那些可恶的经验介绍稿，突然，我看见那个昨天的男孩也站在那里，同样拿了一份这样的稿子，我低头看了看成绩单——林白，年级第二名，674分。

我朝你礼貌地笑了笑，想着昨天的事情，果然是个乖乖的小孩子呢。你身旁站着的便是年级最出名的美女——李莫莫。李莫莫有着及腰的长发，穿了黑色的紧身衣，化着淡淡的妆，毫无疑问，她是美丽的。我大概猜到了你挨打的理由。其实很简单，李莫莫离开了阿强，高调地找了一个一年级的学弟。只是我从不关心这事的，原来，站在风口浪尖上的那个风云人物会是这么个乖孩子。我朝你笑了笑，走上台毫无表情地把稿念完，下台的时候又微微朝你笑了笑。终于结束的时候，天已经微微地暗下来，我和阿路走到岔路口，十分不巧地又看见你被阿强他们打。我很奇怪你为什么总是那么老实。阿路狠狠地拽了拽我的胳膊，于是我很勇敢地打了个电话，用几百分贝的声音高声喊道："老爸，你开警车来接我吗？什么，你还在值勤啊，哦，和好多叔叔一起啊。正好，我就在你们的巡逻地旁边呢，快来吧。"我装模作样地挂掉电话，那些打手就一个都不剩了。我很奇怪，他们怎么会被这么老套的路数吓走。我拉你起来，扑了扑你身上的泥，你脸上的邦迪正往外渗着血。扶着你走回家，你轻轻地对我说："我会不会很糗？"于是我这样安慰你："不会啊，遇见你的时候，是你最美丽的样子呢。"

我突然看见你微微红了的脸，单眼皮下的眼睛光亮亮地闪了闪。你想说什么，我没有去听，和你说了声再见，就和阿路消失在了夜色里。

如果让我这么光辉灿烂地以胡女侠的身份和你相遇，如果我可以像动感超人一样地救你于水火，你会不会真的……有一点点感动呢？

日记是少年的心情

回家的路上，阿路滔滔不绝地讲，林白真是个落难的王子啊……林白真是可怜啊……林白怎么会和那种女生混在一起啊……当她准备再继续说下去的时候，我狠狠地把刚买的冰糯米糍塞进她的嘴里，"告诉你吧，人家名草早有主，你别想松土啦。"毫无疑问，有些男生不漂亮，不威风，却仍能引起女孩的同情心。林白是其中之一。

再到学校的时候，我给了阿路一个拯救王子的机会，把林白被打的事情投到了校长的邮箱里。结果第二天中午，就宣布了对阿强他们的处理决定。当我坐在教室里昏昏欲睡的时候，林白敲了敲我的窗户，轻轻地递过来一瓶营养快线，当然还有一张字条，上面只有简单的两个字："谢谢！"

不知是如何和林白熟络起来的，等到我意识到的时候，林白已经粘着我和阿路不知多少天了。林白其实也有着清秀的眉眼，考试时总和我考几近相同的分数，笑起来有微微的酒窝儿。阿路有一次开玩笑说："天啊，他不会爱上我吧？"我很配合地说会，那你应该当心他那个泼辣的追求者来找你的麻烦……阿路在路上哈哈大笑起来。

没想到我的预言这么准。下午放学的时候李莫莫和一帮女生怒气冲冲地把我和阿路堵在走廊里，但很明显，目标不是阿路，是我。一切都像肥皂剧一样演得我措手不及，可惜我没有等到女主角打过来就狠狠地先发制人地出手，然后拔腿开跑。当我和阿路气喘吁吁地站在滨海路的大屏幕前面时，阿路朝我竖起了拇指："晨晨，你真是太酷了……"

我并不这么想。我一边想着自己没有风度的逃跑，一边想着自己该怎么解这个梁子。大屏幕上放着孙燕姿的老歌：当我爱上让我奋不顾身的一个人……歌里这样唱，我亲爱的林白，你看，为了你，我也可以这么勇敢。

当我从老师的办公室哭诉了好久终于出来的时候，突然有些不安起来。好学生总是受到学校的关照，但是我没想到的是，李莫莫，竟然会被退学。

当我站在校门口看着李莫莫挽着新男朋友的手嚣张地走出学校，我开始不那么讨厌那些烂俗的肥皂剧了，原来一切都可以这么简单地发生在生活里。我看见林白寂寞地蹲在那里，便走过去轻轻地扶住他的肩。当他趴在我的肩头哭泣的时候，我没有躲开。我闻到了他头发上海飞丝的清香，我听见他微微地啜泣，我听到他说："晨晨，我不明白是为什么……"

我亲爱的小孩，你早该想得到，这样的一个视爱如衣服的女子，总有一天会弃你而去的，这样的一个女子，追求的永远是新鲜而不是爱情。

阿路在远处的小树下静静地看着我，我的手就这么抖了抖，原来生活可以和电影一样的恶俗。但毫无疑问，我并不想像故事里那样把林白让给最好的朋友，你看，我是多么的自私和小聪明。

179

后来，在桦南一中人人都知道学年第一的胡晨晨和学年第二的林白是最好的朋友，老师们对这个事件心照不宣。因为没有任何一方误了学习，他们依旧是第一和第二，甚至林白的数学还进步了二十几分。晚自习后林白总是送我回家，骑着一辆老式的白色单车，总会有吱吱呀呀的响声，在冷冷的夜里就像一首流年歌，风吹得有些零落有些寂寞。就像年少的我们唱过的歌那么寂寞。那个五二式单车，吱吱扭扭，仿佛流年就那么晃过。

再见，我最亲爱的

校庆的时候，我和林白都是主持人。第一次带妆彩排结束时，已经是晚上9点半，当我和林白走到路口的时候，昏黄的灯光轻轻地照在一群人的脸上，横着堵住了我们的去路。那领头女子的脸我看得很清楚，是李莫莫。

"告诉你，胡晨晨，我早就想有今天了，你欠我的，我要你还回来，你不是尖子吗？你不是老师的心头肉吗？你的小王子呢，你可以让林白保护你嘛……"

180

我回过头来的时候，林白的眼里分明充满了胆怯。我突然想起了鲁迅说过的那句话——"哀其不幸，怒其不争"。

我亲爱的林白他对我说，我去叫人来……

我亲爱的林白他对我说，你自己要小心……

我亲爱的林白，他竟然就这么头也不回，就这么想要跑掉，可是，我亲爱的小孩，你早该想到，你根本走不掉……

当他们把你打倒在地的时候，我就那么直挺挺地护住你，一棍，两棍，三棍……我不知道我为什么会这样去做，但我知道，时光若能重来一次，我仍会这样选择，选择和你遇见，选择为你奋不顾身，选择和你……说再见。即使我曾经，曾经那么喜欢……等到他们终于离开，我从你身上倒下去，我清清楚楚地听到自己说的最后一句话："再见，我……最亲爱的……"

等到后来，我们终于被巡警发现，我在父亲的帮助下换了学校办了休学。我留给林白的只有那几个字——再见，我最亲爱的。

后来，阿路来医院看我的时候哭成了泪人，她用了所有能用到的形容词狠狠地抨击着那个我们共同喜欢的少年。林白缺少太多男子汉应有的勇气和担当。阿路恶狠狠地说"让女生替他挡棍子，想想就恶心"时，我轻轻地拉了拉阿路的手，就像当初她夸林白像落难王子那样，我往她的嘴巴里狠狠塞了一个苹果。

在青春的时光里，我们总会遇见一些男孩，只是，有的，并不值得我们去喜欢。

后来我转学去了外地，阿路天天和我通邮件。她说我走以后林白天天疯狂地找我，她说林白在我走之后，就不再是第一第二，他的成绩落得好远好远。阿路说，算他有点儿良心。

我突然想起林白讲过的一个关于火之寺的传说，美丽的巫女为了爱人而以性命为代价把恶魔封印在春明山上。我那时真的很不明白，现在，我终于明白了。

我亲爱的林白，我从没后悔过遇见你，我从没后悔过和你的交往，我也没恨过李莫莫，虽然我一条腿瘸了。我前不久收到了她在监狱里写来的信，她说："晨晨，对不起。"其实我们每个人都没必要道歉。

青春的年华里，总会有许多的张扬和放肆，那些在青春里生长的伤口，总有一天会结疤，长出新的皮肉来。我亲爱的你，再见了。

原来只是南柯一梦

当我正准备继续感叹继续悲伤物是人非，继续矫情地说那些有关幸福和爱的故事的时候，就被阿路揪了起来，身边竟还是那个电影院。

我意犹未尽地睁开眼睛，阿路不解地问我："你刚才怎么了……一会儿你一定要幸福，一会儿告诉我快跑，还林白林白的，你大概是想校草想傻了吧。"

我和阿路走出电影院，李莫莫正化了一个浓艳的蝴蝶妆挽着学生会体育部长的胳膊招摇过市。阿路愤愤不平地说，长得好看些也不用化成非洲人吧。我没说话，我还真实地沉浸在这个梦里。原来一切都只是梦，是的，这只是一场梦。我并没有一场轰轰烈烈的爱情，没有那些奋不顾身。一切的一切，都没有发生过。

在年少的时候，我们会做很多的梦，等到老到我们都只剩下回忆的时候，这些又何尝不是幸福，所以我决定为自己寻觅一场轰轰烈烈的感情。于是我狠狠地摇着阿路的胳膊，告诉她："我——要——追——林——白。"阿路冷静地试了一下我的额头，确定我没烧糊涂。

一转头，是的，我的林白就在那里，他白衣楚楚地站在那里，红着脸，似笑非笑地望着我。果真就如张爱玲说的那样，没有早一步，也没有晚一步。于是，我和林帅哥打了一个甜美的招呼："原来，你也在这里啊。"

张小波的四个生日愿望

无 语

一

"张小波,你的数学试卷。"陆川从一大沓数学试卷中抽出最上面的一张,递给张小波,然后再把下一张放到张小波身后自己的桌子上。

张小波看着自己的卷子,甜甜一笑,露出右脸颊上浅浅的酒窝儿。这是最好的一次,95分。张小波转头,看向身后陆川的卷子,100分,还差5分。陆川,我们越来越近了呢。我会一直朝着你的方向努力下去。

"陆川,这次的数学竞赛你心里有底吗?这可是市级的比赛啊!"阿立拍拍陆川的肩问。"应该没问题。"陆川没抬头,嘴角上扬15度,手中的笔还在不停地演算。"兄弟,你可得帮咱们班争口气啊!""嗯。"陆川含糊答应。

"对了,张小波,明天你生日,打算怎么过啊?"阿立用笔点了一下张小波的肩膀。"不知道,还没想好,想好了我会通知你!"张小波偏头,用余光偷偷瞟了一下陆川。

15根生日蜡烛在黑暗中摇曳,似在雀跃欢舞。张小波双手合拢,闭上眼睛,许愿——希望他在数学竞赛中能拿到好成绩。

二

雨淅沥地下,不大不小,足以将窗外连成灰色的一片。雨滴打在玻璃的那一边，抹出晶莹的痕迹。

张小波趴在桌子上，用右手的食指描绘玻璃上雨的印记，起承转合，像是在练书法。玻璃上倒映出陆川奋笔疾书的身影，还有黑板右角用深红色粉笔写的，醒目的"距离中考只有75天"。

"小波，你想上哪所高中啊？"同桌七七左手托着脑袋，右手用笔敲着张小波的胳膊。"只要是重点就行了。"张小波无力地回答。

"书呆子，你呢？"七七把笔头转向陆川，敲了敲他的桌子。"一中！"陆川答得斩钉截铁，似乎志在必得。

张小波直起身子，开始做让自己很头痛的物理练习。

16岁，张小波再次许下生日愿望——希望能考上一中，和他一起。

三

一中的校园比初中的大很多，张小波走了3天才不会迷路。没能和陆川分在同一个班，尽管早已有心理准备，但看到自己身后是米莲美丽的五官而不再是陆川全神贯注演算的身影时，还是不禁失落。毕竟那个位置，他坐了3年。唉，以压线分数考上和以全区第一的分数考上同一所学校，待遇是不一样的。但是，还是可以在这所学校的某个转角遇见他，和他跑一样的跑道，吃同一个食堂的饭菜，上同样的课。张小波一直这样安慰自己。

转眼期末，当陆川这个名字贴在排名榜的第一位时，张小波抿着嘴笑了好久。拉住身边的米莲，指着陆川的名字神情骄傲地说："这个是我同学，在我后面坐了3年。"她目光闪烁，那表情好像是她自己得了第一名一样。

"你该不会是喜欢上他了吧？"米莲戳了戳张小波的胳膊。"我哪有！"张小波否认，却笑得甜蜜。无意间听到身旁女生的对话——"哎，听说了吗，那个考第一的陆川家里出事了，他爸被一辆卡车给撞了，人现在还在医院呢。""你怎么知道的？这种事可不能乱说！""我有个同学在他们班，是他告诉我的。嘘，别说了，陆川来了。"

陆川停下脚步，瞟了一眼排名榜，双手插进裤子口袋，低头继续向宿舍方向走去。好像有沙子进了张小波的眼睛……

"小波，生日快乐！"晕黄的烛光照在米莲微笑的脸上，"快许愿吧！"

"嗯！"——陆川，坚强；陆川，快乐！

四

"张小波！"陆川在楼梯的拐角拦住张小波。

是他！张小波抓住自己的衣角，欢喜的心情就像除夕夜五彩斑斓的焰火一样绽放。深呼吸，平稳心跳，"陆川，有事吗？""当然，想请你帮个忙。""我就知道，无事不登三宝殿，说吧！""帮我把这封信交给你们班的米莲！"

不是他的，不是他的。当米莲拆开那封信时，张小波默默祈祷。

米莲抬头，澄澈的眼睛盯住张小波："小波，你说我该答应陆川吗？"像是被闹钟惊醒了一夜的美梦，张小波瞬间哑掉。好久，她才艰难地振动声带："随便！"

又下雨了，6月份的天气就是那么变化无常，明明早上出门时还晴空万里，这会儿居然下起了雨。雨滴从屋檐上滚下，一颗接着一颗,形成一片珠帘。

"早知道出门就带伞了。"米莲用手接住如珍珠般圆润的雨珠，雨珠打在她手心上，摊开，流下，摊开，流下……"这雨不知道什么时候会停。"张小波呆呆地看着滴落在米莲手心上的雨滴，想着今早的事，想着米莲会不会答应，想着陆川……

"你们都没带伞吗？"当梦想中人出现在眼前时，张小波眼前一亮。陆川，他手上只有一把伞。"对啊！倒霉！"米莲无奈地回答。"我送你回宿舍吧！"陆川抖了抖伞。

笑，刺痛了张小波的双眼，似乎是谁碰了她的鼻子，酸酸的。他说的是你，不是你们。

185

"那小波怎么办？"米莲用澄澈的目光看向张小波。

"没关系，我和阿文一起走。"

"那好吧！"

看着他们相依的身影在灰色的空气中渐行渐远，张小波的眼泪终于和雨滴混在一起，迂回地流到她脚旁的洼地中……

18岁，张小波只许了一个愿——我要快乐！